コンフィデンスマンJP

ロマンス編

脚本／古沢良太　小説／山本幸久

ポプラ文庫

コンフィデンスマンＪＰ　ロマンス編

〈ダー子〉

0

「恋はいつだって自分を欺《あざむ》くことから始まり、他人を欺くことで終わる。これが世間でいうロマンスというものである」

ジェシーの声にダー子は、毛布の中でむくりと身体を起こした。ベッドの端に座り、文庫本に視線を落としている。いまのはその一節を読み上げたらしい。それはいいのだが、ジェシーは一糸まとわぬ姿だった。

「なによ、いきなり」

ダー子はジェシーに飛びついて文庫本を奪う。その表紙には『ドリアン・グレイの肖像　オスカー・ワイルド』とあった。

ジェシーったら、いつまでこの小説を読んでいるつもりかしら。かれこれ十年近く読みつづけてない？

窓の外に摩天楼《まてんろう》が見えているのに気づいた。そんなはずはない。ここは東京だ。高級ホテルのスイートルームで、ちょび髭の話を聞いていたはずである。

わかった。これは夢だ。ならばもうしばらくこの夢を楽しもう。ジェシーがダー子から毛布を剝《は》ぐ。そこで自分もおなじく全裸だと気づいた。なにやら甘い台詞《せりふ》を囁《ささや》きながら、ジェシーが身体を重ねてくる。

「ダー子さんっ」

どこからか、ちょび髭の叫んでいるのが聞こえる。

いやだ、いやだ。ぜったい目覚めないぞ。

「ダー子さんっ。起きてくださいって」

ああ、もう。

目蓋《まぶた》を開くと、あちこちにカラーメモが貼られた壁を背に、ちょび髭が立っていた。

「私の話、聞いてました?」

「聞いてたわよ」

ちょび髭が持ちかけてきたのは、ごくマイナーなファミレスチェーンの社長を罠にかけて一儲けする計画だった。その説明をソファに寝そべって聞いているうちに、退屈でたまらなくなり、眠ってしまったのである。そして十年近くも昔の夢を見てしまったというわけだ。そうだ、夢だ。にもかかわらずジェシーと重ねあわせた身体の感触がやけに生々しい。

「どのへんまで聞いていました？　なんでしたらアタマからもう一度、説明しましょうか」

「いいわよ。どうせやらないから」

「や、やらないってどうしてですか、ダー子さん。たしかにダー子さんにとっては小さ過ぎるオサカナでしょうけど」

「大谷翔平《おおたにしょうへい》が草野球で投げるようなものよ。他にいないの？　もっと手応えのあるワクワクドキドキ、ムラムラペロペロしたくなるような超大物のオ・サ・カ・ナ」

「そんなのはなかなか。だけどダー子さん。いいですか、一千万円は堅いんですよ」

「私だけじゃなくて仔猫が三人、あなたを足せば計五人で割って、ひとり頭たったの二百万。ふん」ダー子は鼻で笑った。「この部屋のひと月分にもなりゃしないじゃないの」

「そりゃ、ダー子さんにとっては小銭かもしれませんけどね」ちょび髭はソファの前で床に両膝をつき、手をあわせると、ダー子を拝んだ。「でもこの社長さんの前で一芝居打つだけで、時間にすればたった十五分で、それだけのお金が転がりこんでくるんだから御の字でしょう？　頼みますよぉ。仔猫を集めてくださいなぁ」

「スマホ、取ってきて。テーブルの上にあるからさ」

「ということは」

「つぎはもっと大きなオサカナ頼むわよ」

「もちろんですとも」

ちょび髭はダッシュでスマートフォンを取ってくると、ダー子にさしだした。

「その社長さんはどんな女性がタイプなのかしら」

「陰があって、星の巡りが悪くて、なにをやってもうまくいきそうにない、薄幸《はっこう》美人がお好みのようです」

「だとしたら」ダー子はソファに寝そべったまま、スマートフォンの画面をタップして耳に当てた。「鈴木《すずき》さぁん、私、ダー子、あのさぁ、また仔猫ちゃんやらない？　コザカナだけど簡単な仕事だからさぁ。ねぇねぇ、鈴木さぁぁん、お返事ちょうだいなぁ」


〈ボクちゃん〉


高級ホテルのスイートルームで、ダー子が仔猫のひとりに電話をかけていた頃、ボクちゃんは都下にある遊園地のイベントに出演中だった。

「よい子のみんなぁ、嘘をついちゃいけないよぉ」

「はぁぁぁい」

ボクちゃんの呼びかけに、百人は越すだろう子ども達が一斉に答えた。じつに気持ちがいい。正しくはボクちゃんが呼びかけたのではなく、絶対戦士ヒャクセンレンマンだ。声もテレビでヒャクセンレンマンを演じる役者が、このヒーローショーのために録音したものに過ぎない。つまりボクちゃんはヒャクセンレンマンの恰好で、子ども達に手を振っただけなのだ。それでも資産家から十億円を奪ったときより充実感があった。

時給千二百円、一日三ステージで交通費を含めて五千円にも満たなくてもボクちゃんは満足していた。土日ぜんぶ入ったとしてもひと月分の稼ぎはタカが知れている。でもぼくには子ども達の笑顔があると、自分に言い聞かせた。

ショーをおえたあとは握手会だ。子ども達ひとりひとりと握手を交わしていく。

「ありがとう、ヒャクセンレンマン」「これからもがんばってください」「きょうはたのしかったです」

うれしいなぁ。やっぱこれは天職だな。

そう思っていると、聞き覚えのある声が耳に入ってきた。

「背中にケチャップがついてますよ」

巣鴨《すがも》ギンコだ。子ども達と握手をしながらあたりを窺う。いた。ごく身近だった。パパとママ、そして五歳くらいの子どもの親子連れに話しかけていたのだ。

「やだ、ホントだわ」

ママがティッシュをだして、パパの背中についたケチャップを取ろうとするのをギンコが止めた。

「それじゃ、染みになっちゃいます。そのジャケット、脱いでくださいな。ウチの子ども用に、染み取りの道具を持ってきてるんで」

ギンコはバッグから小さなポーチをだしている。

怪しい。

ギンコの相棒のキンタが少し離れた場所に突っ立っているのに、ボクちゃんは気づいた。だれか捜す素振りをしながらも、ギンコの様子を窺っているのがバレバレだった。

パパの背中にケチャップを付けたのはキンタにちがいない。昔ながらの古い手口である。ギンコはパパが脱いだジャケットを受け取るなり、内ポケットにあった財布を床に落とした。だがギンコが腰を屈め、長いスカートの下で見えないように隠したので、パパもママも気づかない。子どもはボクちゃん、ではなくヒャクセンレンマンに気を取られている。

ギンコはその場にしゃがみ、自分の右脚の太腿を台にして、ポーチからだしたガーゼなどで、染み抜きをはじめている。するとキンタが歩きだして、ギンコのうしろを通りかかろうとした。

マズイ。

ボクちゃんは走りだす。いまは絶対戦士ヒャクセンレンマンだ。

「どこいくのぉ、ヒャクセンレンマァン」「いかないでぇえ」「まってよぉ」

良い子のみんな、待っててくれたまえっ。ヒャクセンレンマンには重要な任務があるのだっ。

ギンコのスカートから財布が飛びだしてきた。しゃがんだまま後ろ足で蹴ったのだ。これをキンタが拾おうと手を伸ばした瞬間だ。ヒャクセンレンマンが先に拾った。勢いあまって、前転を二回してしまう。それから立ちあがり、ポーズを決めた。握手会に並んだ子ども達から歓声があがる。

「パパのだ」親子連れの子どもが、ヒャクセンレンマンの右手にある財布を指差した。

「なにやってんだよ、巣鴨キンタギンコッ」

ヒーローショーの楽屋だ。とは言っても舞台脇に立てた屋型テントで、中が見えないように四方《しほう》に幕を垂れ下げただけのものだ。休憩時間で他にひとはいなかった。

「脅かすなよ」キンタはへらへら笑っていた。「ボクちゃんだなんて、思ってもみなかったよぉ」

「ほんとほんと」ギンコはにこにこ顔だ。ボクちゃんとの再会を本気でよろこんでいるようだった。「だけどなにその恰好？　どんな詐欺？　だれだますの？　よかったら教えてちょうだいよ」

「そうさ、協力するぜ、俺達」

「ぼくはとっくに足を洗った。子ども達を楽しませるのが、いまの仕事だ。天職だと思っている。きみたちも自分を見つめ直せ。今度見つけたら警察に突きだすぞ」

「そんな冷たいこと言うなよぉ」

「そうよ。あたしら家族でしょう？」

「偽のです。遺産目当てに演じただけの他人です」

「わかった、わかった。で？　俺達の妹は元気？」

全然わかってぃない。〈俺達の妹〉とはダー子のことだ。じつの妹を心配するかのようにキンタが言った。

「縁を切った。おまえらも足を洗えっ」

そう言い返したときだ。ボクちゃんはキンタの右手に包帯が巻かれているのに気づいた。

〈リチャード〉

ボクちゃんが都下にある遊園地で巣鴨キンタギンコにむかって、真人間になるよう説教をしていた頃、リチャードは沖縄《おきなわ》の高級リゾートホテル、『桜田《さくらだ》リゾートちゅら海』のテラスで長椅子に横たわり、オペラグラスを覗きこんでいた。その先にあるのはプールサイドだ。水着姿の若い男女が何十人も戯《たわむ》れている。我が世の春とはまさにこのことだろう。みんな楽しげだった。なにかのパーティーが開かれているのかもしれない。

「ルゥルルル、ルゥルルル、ルゥウルゥルル」リチャードは鼻歌を唄いだした。「いや、ちがうなぁ。『ひと夏の経験』だ。ルララァア、ルララァラ、ルラララァ。これは『十七の夏』だな」

「さっきからなに唄ってんの?」

矢島《やじま》理花《りか》の声が聞こえてきたかと思うと、オペラグラスを奪われてしまった。

「きみは『ロマンス』って歌、知ってるか」

「ペニシリンの?　ドリカムも唄ってたなぁ」

そう言いながら理花は隣の長椅子に寝そべった。

「岩崎宏美《いわさきひろみ》のだよ。思いだそうとしているんだが、おなじ頃に流行《はや》った歌が頭に浮かんかんできてね」

「スマホで調べてあげようか」

「ネットに頼らずに思いだすのがルールなんだ」

「ルールってだれかと勝負してるわけ？」

「自分との戦いだ」

「なにそれ」理花はオペラグラスを目に当てる。「詐欺のやり方を教えるために、沖縄まで連れてきてくれたんじゃないの？」

「スリで捕まるようなアマチュアに教えることなどないよ。これはきみの出所祝い。フツーの人生への門出だ」

「そんなこと言わないでさぁ。教えてよぉ、オサカナいっぱいいるじゃんかぁ」

『桜田リゾートちゅら海』にはプールの他に、テニスコートやゴルフコース、プライベートビーチなどがあり、広大な草原では乗馬を楽しむことまでできた。ただし利用する際には入会金が二百万円、年会費が二十万円かかる。念のために付け加えておくが宿泊費は別途で、もちろん部屋によって値段はちがうが、最安でもひとり一泊十万円は下らない。つまりいまプールサイドでパーティーを楽しむ若者達は年収が最低でも三千万円、億単位もザラにいるにちがいない。政治家や資産家の御曹司《おんぞうし》やお嬢さんもいるはずだ。

オサカナだらけではある。その気になれば一千万円くらい、楽に稼ぐことができるだろう。

しかしだ。

「私はもう引退した身だ」リチャードはきっぱり言い切った。「こうしてピチピチギャルを眺めるくらいがちょうどいい。一周まわって新しいだろ、ピチピチギャル」

「引退だなんて言わないでさぁ。まだまだ若いじゃん、リチャードはぁ。人生百年時代だよ。ねぇお願い、なんでもするからさぁ。リチャードォ、ねぇねぇねぇ、おねがぁい」

「あっ」

「どうしたの？」

リチャードはふたたび鼻歌を唄いだす。だがすぐにやめ、大きなため息をついた。

「ちがう。これは桜田淳子の『わたしの青い鳥』だ」

〈赤星栄介〉

リチャードが沖縄の高級リゾートホテルのテラスで、パリピの群れを眺めていたときから一ヶ月後、赤星栄介《あかぼしえいすけ》は自らが設立した公益財団本部内にある会議室で、記者達を前に熱弁を振るっていた。

「スポーツに国境はありません。お互いを尊重し、死力を尽くす。そして友情をわかちあう。この赤星杯が世界の平和と協調の大会になることを願ってやみません」赤星の背後にはスーツ姿で、平均身長が百八十五センチの青年達が居並んでいた。熱海《あたみ》チーターズというプロバスケットチームの一同である。「第一回赤星杯優勝、ほんとにおめでとうっ」

赤星が拍手をすると、会議室に集まっていたひと達も慌てて手を叩きだした。中でもいちばん熱心に手を叩いているのは、熱海チーターズのオーナー、桂公彦《かつらきみひこ》だった。

「会長っ、ありがとうございますっ」

壇上から下りてきた赤星に、いち早く駆けつけたのも桂だった。さらには両手を伸ばし、握手を求めてきた。無下《むげ》にはできない。赤星が右手をだすと、桂は両手でぐっと摑んできた。その端整な顔立ちは興奮のせいか、赤く染まり、目の端には涙が光っている。

「赤星杯チャンピオンの名に恥じないようこれからもがんばります。目指すはアジア、そして世界ですっ」

「その意気だっ。私も負けられないな。ははは。ははは」

熱海チーターズが赤星を取り囲むと、取材陣が一斉にカメラのシャッターを切った。

フラッシュが眩しくてたまらず、赤星は目をつぶらないよう注意しなければならなかった。笑顔も絶やすことはなかった。スマイルは〇円だ。記者やカメラマンに言われるがまま、顔のむきを変えていく。やがてある人物に気づき、危うく笑うのを忘れかけるところだった。今日、これからおこなう商談の取引相手だったのだ。

「四百七十八っ、四百七十九っ、四百八十っ、四百八十一っ」

赤星は金属バットを振っていた。背広を脱ぎ、ワイシャツを腕まくりしており、全身は汗びっしょりで、額からは滝のように流れているほどだった。だがそれを拭《ぬぐ》うこともなく、一心不乱にバットを振りつづける。

しかしここが素振りをするのに相応《ふさわ》しい場所と言えるかどうか。自社ビル最上階の会長室なのだ。記者会見をおえた直後、戻ってくるなり、はじめたのである。

赤星の背後には部下が数人横一列に並んでいる。いずれもスーツ姿ではあるが、年齢はまちまちで、背恰好もバラバラだった。見るからにインテリのエリートタイプもいれば、堅気《かたぎ》とは思えない面構《つら》えの者までいるが、だれもが緊張と恐怖で顔を強張《こわば》らせていた。金属バットで、自分の脳天をカチ割られるのではないかと怯《おび》え切っているのだ。赤星は『ゴッドファーザー』よりも『アンタッチャブル』のロバート・デ・ニーロが好きだという。部下達は会長自身にブルーレイを借りて見ており、その映画でロバート・デ・ニーロがバットでしでかすことを知っていた。ちなみに赤星のマイフェイバリットムービーは『スカーフェイス』だった。

「いつまで待てば売上げがあがるんだっ。ん？」素振りをつづけながら赤星が言った。「アジアを制さなければ生き残っていけない、わかってるよな？　常日頃から私は言っているよな。なのになんだ、このテイタラクはっ。とくに香港《ほんこん》がヒドいっ。どういうつもりだぁ。あぁぁん？」

「そ、それはつまり」

香港支社長が声を震わせながら答えた。部下の中でもいちばん筋骨隆々な体格だが、赤星よりも汗だくだ。有名国立大を卒業後、この公益財団で働いている彼は、真っ当なカタギでありながら、赤星の命令で、その手を幾度となく血で染めていた。それだけデキる男と言ってもいい。

「財閥《ざいばつ》系コングロマリット『射手座集団《サジタリウスグループ》』が以前から幅を利かせていたのですが、は、八年前に娘が総帥を引き継いでからは、よ、よりいっそう厳しくなり」

赤星が素振りを止め、香港支社長に近寄っていく。バットを左手に持ったままである。

「だからなんだ？」

「だ、だから、つまり、その」

赤星に気圧《けお》され、香港支社長は言葉がでてこなくなり、カチカチカチカチとカスタネットよろしく、歯を鳴らしていた。そんな彼の顎《あご》の両脇を赤星は右手で押さえる。

「安心しろ。いくら私でもバットで殴るような真似はしない。私がおまえを消すときは、金でひとを雇ってひっそりと殺《や》るだけだ」

香港支社長は頷くことしかできない。

「いいか、よく聞け。神奈川《かながわ》を制するものが甲子園《こうしえん》を制するのとおなじで、香港を制するものがアジアを制するのだ。わかったか」

赤星が顎から右手を放すと、香港支社長はその場にへなへなと座りこんでしまう。

「肝に銘じておけっ。これは戦争だっ。手段を選ぶ必要はないっ。やったらやり返せっ。やられなくてもやっちまえっ。復唱っ」

「やったらやり返せっ。やられなくてもやっちまえっ」

部下達が声を揃えて言った。赤星は元の位置に戻り、ふたたび素振りをはじめる。デスクで電話が鳴り、部下のひとりが駆けつけ、受話器を取った。

「か、会長。約束のお客様が」

「ここにきてもらえ。おまえ達は下がっていいぞ」

「私の金を奪ったみなさんだ」

赤星はデスクに三枚の写真を並べていく。キャビンアテンダントの制服に身を包むダー子、金持ちのボンボンを装うボクちゃん、そして船長姿が様《さま》になっているリチャードだ。するとむかいに立つ取引相手が、いくら奪われたのか訊ねてきた。

「二十億円だ」

取引相手が口笛を鳴らす。赤星の癇《かん》に障《さわ》ったが、表情にはださなかった。

「金はどうでもいい。私にとって二十億円なんて端金《はしたがね》に過ぎん。私は金以上に大事なものを奪われた。なんだかわかるかね」

取引相手は首を傾げるだけだったが、口角《こうかく》を微《かす》かにあげた。笑っているのだ。赤星はデスクに立てかけた金属バットを横目で見ながらも、自分を抑えた。短気は損気である。

「プライドだ。私が毎日思い描いているのは、この三人が私の前で泣いて命乞いをする姿だ。そして教えてやるんだ、命乞いほどムダなものはないとな」

〈ふたたびダー子〉

赤星栄介が都心の一等地にある自社ビルの会長室で、取引相手を金属バットで殴るのを堪えてから二十四時間後、ダー子は高級ホテルのスイートルームのソファで、文庫本を読んでいた。ちょび髭に買ってきてもらったオスカー・ワイルドの『ドリアン・グレイの肖像』だ。夢の中でジェシーが読みあげていたところはまだでてきていない。

壁掛けタイプの巨大な4Kテレビでは、ニュース番組が流れっぱなしだ。ダー子はそちらをむく。スタジオからメインキャスターが呼びかけると、場面が切り替わった。緊張に顔を強張らせた女性のリポーターがあらわれた。背後には大勢のひと達がプラカードを持ち、シュプレヒコールをあげている。日本語ではない。端っこのテロップによれば、香港からの生中継のようだ。

「香港で起きたこの大規模なデモ、警察による逮捕者はじつに五十名以上にのぼりました。不当なリストラをおこなった会社に対する反発が発端《ほったん》となり、香港市民の怒りが爆発したカタチです。その矛先は香港の女帝と呼ばれる人物にむけられており」

「ラン・リウのやり方はひどすぎるっ」いきなり画面にダー子が知っている男があらわれた。リポーターの前に飛びでてきたのである。鉢巻秀男《はちまきひでお》だ。「ぼくのレンタカー屋も潰された。母とふたりでコツコツやってきた店なのにあんまりだ。香港はランのおもちゃじゃないっ」

鉢巻はテレビ局の関係者らしき男性に羽交《はが》い締めにされ、画面から消えていく。

「このラン・リウという人物ですが、財閥系企業を率い、絶大な権力を持っていると言われています。個人資産はじつに数千億円、香港ではその冷酷非情な性格から『氷姫』という異名で呼ばれているそうです。この女性、ふだんは表舞台に顔をだすことはまずありません。ちょっとやだ、押さないでください」

デモに参加するひと達に邪魔者扱いされても、リポーターはなおも果敢《かかん》に中継をつづけた。

「うしろに見えますのは氷姫が直営する宝飾店でして、世界各国に百三十八店舗、香港だけで十五店舗、その一号店です。ここにラン・リウ本人が出入りしているという噂があり、今朝方から彼女をだせと、ひとびとが押し寄せたのが、デモに発展し、日が落ちたいまもなおつづいている状態です」

ダー子はソファから下りて、テレビを見たままで、そろりそろりと歩きだした。やがて辿り着いたテーブルに文庫本を置くと、代わりにスマートフォンを手に取る。そして画面をタップして、耳に当てた。

「ご覧頂けているでしょうか、あの宝飾店入口の上の弓を引くひとが象《かたど》られたマーク、あれこそがラン・リウが総帥を務める『射手座集団』のマークですっ。すいません、押さないでください。押さないでっ。押すなって言ってんだろうがっ」

1

長澤《ながさわ》まさみだ。

モナコは思った。いや、ちがう。売れっ子女優が昼日中、ホテルのカフェ、それも都心のど真ん中で人通りの多い路面に面したオープンテラスにいるはずがない。見れば見るほどそっくりだが、こちらのほうがだいぶ薹《とう》が立っているようだ。

「きゃんっ。きゃんきゃんっ」足元で豆助《まめすけ》が鳴いた。見た目は愛らしい小柄なワイアー・フォックス・テリアだが、立派な成犬なのだ。「きゃんきゃんっ。きゃん」

早くいかんか、コラッ。

そう急《せ》かしているように聞こえなくもない。

わかってるって。

店内にいたモナコはテラスにでようと一歩踏みだして、危うくコケそうになった。履き慣れないピンヒールのせいだ。モナコはキャバ嬢風の恰好に身を固めていた。

「きゃんっ。きゃんきゃんっ。きゃんきゃんっ」

なにやっとるんじゃ、ボケ、しっかりせんかい。

豆助に怒られながらも、モナコは気を取り直し、慎重に歩きだす。そして長澤まさみ似さんの、すぐ隣の席に陣取った。

「ジンジャーエール」

近づいてきたウェイターが、メニューを渡そうとする前に短く言い、モナコは偽ヴィトンのバッグからスマートフォンをだした。心臓はバクバクだ。はたしてウマくいくだろうかと気が気でない。横目で長澤まさみ似さんを見る。彼女は薄っぺらい雑誌を広げている。記事の見出しは『香港財閥の女帝　氷姫とは』とあった。

「きゃんっ。きゃんきゃんっ」

「豆助っ」スマートフォンをいじくりながら、モナコは注意する。「おりこうさんだからちょっと黙って。まわりのひとに迷惑でしょ」

「きゃんきゃん。きゃんっ」

「豆助ったら」

「いいんですよ」長澤まさみ似さんだ。「かわいらしいワンちゃんだこと」

「きゃん。きゃんきゃんきゃん」わかっとるやないかネーチャン、とでも言っているにちがいない。

「カレシとふたりでペットショップにいったときに、目があっちゃって、どうしても欲しくなりましてね。カレシにねだって買ってもらっちゃったんです。二十五万円、その場でポンとだしてくれたんですよぉ」

「素敵なカレシねぇ」

「だと思っていたんですが」

モナコの返事は耳に入らなかったらしい。あるいはわざと聞こえないフリをしたのか。長澤まさみ似さんは豆助の頭を撫でている。

「なにか芸ができたりする？」

「お手くらいは」

「お手っ」豆助は長澤まさみ似さんの差しだした右手に、左前足を置く。「わぁ、おりこうさぁぁん」

いいぞ、豆助っ。その調子。

運ばれてきたジンジャーエールを一口飲み、「犬、お好きなんですかぁ」とモナコは訊ねた。

「大好きよぉ。昔、飼ってたこともあるしぃ」

長澤まさみ似さんの言葉に嘘はなさそうだ。豆助はすっかり手懐《てなず》けられていた。会って五分と経っていないのに、床に仰向けになり、お腹を擦《さす》ってもらっているほどだ。

モナコはかまわずスマートフォンをいじくっている。すると目の端に初老の男があらわれた。紳士然とした恰好の彼は、道路を挟んだむかいで信号機を見上げながら、中折れ帽のつばに右手で触れた。準備万端の合図だ。

「どうしたの？」長澤まさみ似さんが顔を覗きこんできた。「あなた、泣いているじゃない」

モナコは頰に手を触れた。ウマくいった。嘘泣きは得意なのだ。さらに涙を流し、ひくひくと嗚咽《おえつ》まで洩らしはじめた。

「だいじょうぶ？」

「すみません、あ、あの、あたし」偽ヴィトンのバッグからやはり偽ヴィトンのポーチをだす。「メイク直してくるんで、そのあいだ、豆助を見ててもらえますか」

「あ、うん。それくらいだったらべつに」

長澤まさみ似さんの返事もまともに聞かないで、モナコは腰をあげ、足早に店内を通り抜け、化粧室に入る。そして鏡の前に立つと、ポーチからワイヤレスイヤホンをだして、髪をかきあげて右耳に押しこむ。街中の喧噪《けんそう》が聞こえてくる。

「不躾《ぶしつけ》で申し訳ありませんが」中折れ帽の男の声だ。彼の背広の内側に小型マイクを忍ばせてある。信号を渡ってテラスの前に、ちょうど辿り着いたところにちがいない。

「そちらの犬の目を見てもよろしいでしょうか」

「え、あ、はい」長澤まさみ似さんだ。

「きゃんきゃん、きゃん」もちろん豆助である。

「やはりそうかぁ」

「なにがです？」

「マーブルアイですよ。非常に珍しい目の色だ。ワイアー・フォックス・テリアではじめて見ました」

ふたりのやり取りを聞きながら、モナコは化粧を直していく。中折れ帽の男とは今回、はじめての仕事だ。ひとの紹介で組むことになったのだ。無難にこなしてはいるものの、ウマいとは言い難かった。

「じつは私、ブリーダーをやってまして、もしよろしければこちらの犬、引き取らせていただけませんか。そうだなぁ。百万円でどうでしょう？」

「ちっ」モナコはファンデーションを塗りながら、舌打ちをする。値段を言うのが早過ぎたのだ。練習の際にはあれだけ思わせぶりに間を持って言えと教えたのに。

「百万？　あ、でも、この犬は私のでは」

「もちろんゆっくりお考えください。そうだ、名刺をお渡ししておきましょう。その気になったら電話でもメールでも連絡してくだされば、どちらへでも伺います」

メイク直しもちょうどおわった。モナコは手早く化粧道具とワイヤレスイヤホンをポーチにしまい、トイレをでた。


「大変よ、あなた。いまね、豆助のことで」

「じつは今朝、カレシと別れることになったんです」

席に座るなり、長澤まさみ似さんが話しかけてきたが、モナコはそれを遮《さえぎ》った。

「え、あ、そうなの？」

「他にオンナがいたんですよ、アイツ。許せない」

「きゃんきゃんっ。きゃんっ。きゃん」

「ごめんね、豆助。やっぱりあなたとはもういっしょに暮らせないわ。あなたを見る度《たび》に、アイツのことを思いだしちゃうもん。お姉さん、どうです？」

「どうってなにが？」

「豆助を引き取ってくださいませんか。あなたにとても懐いていますし。さっきも言ったように、カレシに買ってもらったときは二十五万円でしたけど、二十万、いえ、十万円でイイです。お願いします」

豆助は長澤まさみ似さんに飛びつく。

「きゃんっ。きゃんきゃん」

俺からも頼みますよ、カワイイっしょ、俺、カワイイっしょ。

「四十点。いや、せいぜい三十点だな」

長澤まさみ似さんは豆助の鼻に自分の鼻をくっつけながら言った。

「なんの点数ですか」

「あなたのやり口に決まってるでしょうが。そんなんで私が十万円だすと思う？　甘い。甘過ぎるわ。だいたいいまどきペディグリーペット詐欺なんて、手口が古過ぎるってば。私も最初に覚えたのはそれだったけど、もっとウマいことやってたよ。でもまあ、あんたはまだ見込みがある」

「きゃん、きゃん」俺は？　俺はどう？

「豆助も合格点。いちばん足引っ張ったのは、さっきのオジサンだね。あのひとがボス？　ちがうよね。あんたのほうが手慣れてるもん。だったらもっとちゃんとしたの雇うべきだよ。あれじゃ駄目だ。私と話しているあいだ、ずっと鼻の頭に汗かいてたもん」

そうだったのか。

「だけどオジサンが鼻の頭に汗かいてなければ、ダマされてたってわけでもないけどね。それじゃ」

「待ってください、オバサン」

「オバサン？」

「い、いえ、あの、お姉さんはいましがた、最初に覚えたのはペディグリーペット詐欺とおっしゃいましたが、それってつまり、あたしとおなじ」

「この世の人間をダマすほうとダマされるほうとに分ければ、おなじダマすほうだけど」長澤まさみ似さんは自分の腕をぽんぽんと叩いた。「ここは雲泥《うんでい》の差、月とスッポン、蟹とカニカマくらいちがうわ」

「現役ですか」

「いまは開店休業中」

「きゃん、きゃんきゃん」

「ごめんねぇ」長澤まさみ似さんは、自分の膝に乗ったままの豆助の頭を撫でる。「きみのこと、飼ってあげてもいいんだけどさ。いま住んでいるところはペット不可なんだよ。許しておくれ」

「いくよっ」

モナコは長澤まさみ似さんから豆助を引き離し、抱きかかえた。

「きゃんきゃん」なんだよ、俺っ。このひとと別れたくないよぅ。

「待ちなよっ」立ち去ろうとするモナコを、長澤まさみ似さんが呼び止めた。「よかったら手伝ってほしいことがあるんだ。話だけでも聞いてかない？」

「どんな話です？」

「そりゃもちろん儲け話よ」長澤まさみ似さんはスマートフォンをタップしてから耳に当てた。「もしもし？　ちょび髭ちゃん？　いまどこ？　けっこう近くにいるんだ。すぐこっちぃこられる？　うん。私、いまホテルのカフェにいるんだけど、すぐ部屋に戻るわ。うん。このあいだのコザカナちゃん。そうそう、ファミレスの社長さん。鈴木さんがダメで中断してたあれ、やっぱ、やろうと思うの。それがね。鈴木さんの代わりになる可愛い仔猫ちゃん、見つけたんだ」

「きゃん、きゃんきゃん」間違っちゃいませんか。俺は犬ッスよ。猫じゃないです。

長澤まさみ似さんはモナコの顔をじっと見つめていた。

「こういっちゃなんだけど、鈴木さんより若いし、ちょうどイイと思うんだ。うん。仔猫ちゃんもいっしょにいるから、見てちょうだいな。よろしく」

2

モナコは思った。いや、ちがう。売れっ子俳優が長澤まさみ似さんことダー子の一味のはずがない。ここはダー子が暮らす高級ホテルのスイートルームだ。そこに東出昌大によく似た男性があらわれたのだ。

「会いたかったぁ」東出昌大似さんにダー子が抱きついただけでなく、頬にキスをした。

「私の最愛のパートナーにして最高のコンフィデンスマン、ボクちゃん」

このひとがボクちゃんか。

ダー子から話は聞いていた。しかしモナコは自分はイイ男だと鼻にかけているようなチャラ男を想像していたのである。

「おひさしぶり、ボクちゃん。元気そうでなによりだ」

スイートルームにはもうひとりいた。リチャードだ。彼についてもダー子にあれこれ聞き、モナコは和製ヒュー・ジャックマンを思い描いていた。しかし全然ちがっていた。

東出《ひがしで》昌大《まさひろ》だ。

だれかに似ているとしばらく考え、俳優の小日向文世《こひなたふみよ》だと気づいた。

ソファに座るリチャードが、ここを訪れたのはついいましがただ。彼もまたダー子に熱烈な歓迎を受け、額にキスマークがついている。

「揃ったところで今回のオサカナを発表しますっ。モナコ、ドラムロールよろしくっ」

「はいっ。ダンッドロロロロロロロダァンッ」

「ただいま話題沸騰中、香港の女帝、ラァァァアン・リゥゥウウウゥウ。またの名を氷姫ぇぇぇぇぇ」

「ドンドンドン、パフパフフゥッ」モナコはさらに効果音をつづけた。

「無理でしょ」ボクちゃんは頬についたダー子のキスマークをハンカチで拭っている。

「ラン・リウって言ったら、財閥系コングロマリット『射手座集団』総帥だろ。八年前に父親の跡を継ぎ、以来業績を伸ばしつづけているが評判は最悪。裏社会を使って脅迫、暴力、買収、なんでもあり。司法と警察も金で手懐けている」

「よく知ってるじゃない。ボクちゃんも彼女をオサカナにしようと思って調べてた？」

ダー子がうれしそうに言い、ボクちゃんの両手を取った。いまにも踊りだしそうだ。でもそうはならなかった。ボクちゃんが彼女の手を振り払ったのである。

「ここ最近、ニュースは彼女の話題だらけだ。知らないはずないだろ。そもそもふだんは表舞台に顔をださない人物をどうダマすっていうの」

「でる前に負けること考える莫迦《ばか》いるかよっ」

ダー子は顎をしゃくらせて言った。アントニオ猪木《いのき》の真似にちがいない。しかしボクちゃんにはピンとこなかったようだ。

「我らがベストフレンド、あの鉢巻秀男さんも、氷姫の被害に遭ったそうだ」リチャードが言った。その膝には豆助がちゃっかり座っている。「やっとお務め果たしてチャイニーズマフィアから足を洗って、香港でお母さんとレンタカー屋を真面目にしていたんだけどな。氷姫が無理矢理押し進めていた再開発プロジェクトで、借りたビルの取り壊しが決定して、追いだされて、店をつづける目処《めど》が立っていないそうだ」

「ヒドくなぁい？」ダー子がボクちゃんに詰め寄っていく。モナコもうしろにくっついて、ダー子の動きを真似た。「鉢巻さんだけじゃない、香港のそこら中で、おなじような悲劇が起きているんだよ。かわいそ過ぎると思わない、ボクちゃん？」

「それはまあ」

「このオサカナを釣らずしてなにを釣るっていうの？　私たちがやらなきゃだれがやるの？　やるしかねぇべさ」

「やるしかねぇべさ」モナコはダー子につづく。そしてふたりしてボクちゃんのまわりをぐるぐるまわり、「やるならいましかねぇっ」と連呼する。するとリチャードの膝にいた豆助がぴょんと飛び跳ね、モナコのうしろについてきた。

「やるならいましかねぇっ」「やるならいましかねぇっ」「きゃんきゃんっ」「やるならいましかねぇっ」「やるならいましかねぇっ」「きゃんっ、きゃん」

「ダー子っ。ダァァァ子っ」

「なに、ボクちゃん？」そこでようやくダー子は止まった。モナコと豆助もだ。

「この子、だれ？」モナコを指差すボクちゃん。「この犬も初対面だ」

「きゃん、きゃん」

モナコは一歩下がると、ボクちゃんの正面へまわり、腰を落として、右手をさしだす。掌は上だ。そしてドスをきかせた声で口上《こうじょう》をはじめた。

「お控えなすって。ボクちゃんには、初のお目見えと心得ますっ。手前《てまえ》、生国《しょうごく》は日本、ただし日本のどこかとお訊ねになっても答えようが御座《ござ》いません。おぎゃあと生まれて幾日も経たぬうちに北関東の教会の前に置き去りにされておりました。いつかモナコに住むのを夢見るゆえにモナコと名乗る一介の娘、縁あってダー子師匠に弟子入りした駆けだし者で御座います。こちらに控えし、この犬はワイアー・フォックス・テリアの豆助、以前は元カレの飼い犬で御座いましたが、いまは訳あって手前の下におります。いずれも以後、万事万端よろしくお願い申しあげます」

「きゃん、きゃんきゃんっ」よろしく頼むぜっ。

呆気《あっけ》に取られるボクちゃんの足元で、豆助が飛びまわっている。

「縁あってって、その仔猫ちゃんと子犬くん、どこで拾ってきたんだい、ダー子さん」

不審そうに言ったのは小日向文世似のリチャードだ。

「このホテルのカフェで、私にペディグリーペットを仕掛けてきたの。莫迦っぽく見えてキレる子よ。つまんないオジサンと組んでたから私のとこにきなさいって誘ったの。コザカナ釣りを二回手伝わせた。筋はイイわ」

「ペディグリーペットとはまた懐かしいね」リチャードは徐《おもむろ》にソファから立ちあがり、モナコのそばに近づいてきた。「よくないねぇ。じつによろしくない」

「なにがよろしくないんですか」

モナコはリチャードを鋭い目つきで見た。

「ダー子さんはかつての自分をきみに見ているのだよ。そういう思い込みは大変、危険だ。情にほだされ、まともな判断ができなくなりかねない」

「そのとおり」ボクちゃんがきっぱり言った。「入れるのは反対だ」

「後進を育てるのは先頭をゆく者の義務でしょうがっ」

ダー子は腰に手を当て、仁王立ちになる。

「詐欺師の後進なんて育てる必要はない。いや、育てちゃ駄目だ」ボクちゃんはダー子に言ってから、モナコの両肩をがしっと摑んできた。「きみはまだ若い。こんな世界に足を踏み入れるな」

見れば見るほど東出昌大にそっくりだ。モナコは東出昌大のファンというわけではない。それでもその凜々しい顔に見蕩《みと》れてしまう。

「い、一生ついていきます」

「ついてきちゃ駄目って話をしてるんだよっ」

「私たちはけっして仲間ではないんだ」小日向文世似のリチャードが小日向文世らしくない渋い顔つきと声で話しだした。「むろん家族でも友達でもない。きみがしくじったら見捨てる。だれも助けない。裏切るのも自由。その覚悟がきみは」そこでリチャードはぱちんと指を鳴らすと、その手を伸ばし、人差し指をモナコにむけた。「あるのかな」

「あります」モナコは間髪《かんはつ》容れずに答えた。「仲間も家族も友達もいなかった人生でした。いまさらどれも欲しくありません」

スイートルームがしんと静まった。豆助も吠えずにモナコをじっと見上げている。

「じゃあ」リチャードはにこりと微笑む。「しょうがないなぁ」

「しょうがないって、なにがしょうがないんですか、リチャードさんっ」

「モナコを入れることに賛成のひとっ」

憤るボクちゃんをよそにダー子がはしゃいだ声で言った。ボクちゃん以外みんなが手を挙げる。豆助も前脚を挙げていた。

「よっしゃぁぁあああ、満場一致っ」

「ダー子、ぼくは手を挙げていないぞ」ボクちゃんの言葉に聞く耳を持たない。「それにそうだ、五十嵐《いがらし》さんの意見も聞くべきじゃないのか」

「彼は一足先に香港入りして、氷姫について調査をはじめているわ。その前に承諾済みよ」

ダー子の言葉に嘘はない。つい先だって香港に旅立つ前の五十嵐が、ダー子の下を訪れた際、紹介してもらった。以前は悪徳詐欺師だった彼だが、ふくよかで眉毛が太く、大河ドラマの西郷隆盛《さいごうたかもり》よりも西郷隆盛っぽかった。

「待ってくれ。ぼくは氷姫をオサカナにする件にも賛成していないな」ボクちゃんの言葉が途切れた。ダー子が右手で口を塞いだからだ。

「ボクちゃん、絶対戦士ヒャクセンレンマンだったんでしょ？　いまこそ香港を混乱に陥れる悪の総帥を退治しにいくべきじゃないかしら」

ふたりはしばらく睨みあっていた。もしかしたら目と目で語りあっていたのかもしれない。やがてダー子がボクちゃんの口から手を離した。

「ボクちゃんはさっき、表舞台に顔をださない人物をどうやってダマすのかって言ったけどさ、五十嵐はすでに氷姫の居場所を突き止めたわ」

ダー子はどこにしまっていたのか、写真を数枚取りだしてボクちゃんに渡す。海辺に建つ高層マンションが写っている。

「このマンション自体、『射手座集団』の持ち物でね。その最上階にラン・リウは暮らしているんだって。さらに彼女にもっとも近かった男を捜しているわ。これも遠からず見つけだせるだろうって。さすがは我らが五十嵐でしょ？」

「いや、でも」

「さらに宝飾品の蒐集家《しゆうしゆうか》の中でも名高い氷姫は、パープルダイヤを所有しているそうよ」

「権力者のだれしもが欲しがった伝説の宝石を？」

ボクちゃんは笑い飛ばした。いや、そうするつもりがうまくできずに、唇が変なカタチでひん曲がっている。

「確認はまだできていないが信憑性は高いって、五十嵐は言ってたわ」

「説明しよう」と高らかに言ったのはリチャードである。「永遠の繁栄をもたらし、中世の貴族や為政者がこぞって欲しがった覇者の印、ナポレオンが一時期所有し、第二次世界大戦前にはヒトラーの手に渡ったという噂もあったが、戦後すぐになぜかローマの骨董《こっとう》店で発見され、コロンナ美術館で収蔵されていたものの、一九七一年、展示中に盗まれ、いまだ行方知れず。十数年前、ニューヨークで開かれたブラックマーケットで出品された際、数百億円の高値で取引されたというが、真偽はさだかではない。このパープルダイヤ、常に身につけていなければ、その威力を発揮しない。ナポレオンが懐に手を入れていたのは、そこにパープルダイヤを隠し持っていたからという有力な説がある。以上、説明おわり」

説明ってだれに説明したんだろ？

「さぁ、どうする？　どうするどうする？」

ダー子がボクちゃんににじり寄っていく。

「これがほんとに最後の最後だからな」

「わかってるって。ボクちゃんには、よい子のみんなが待っているんだもんね」そう言うとダー子はモナコに顔をむけた。「目に見えるものが真実とは限らない」

「なにが本当でなにが嘘か」とボクちゃんもモナコにむかって言った。

「アダムとイブは本当に愛しあっていたのか」リチャードもだ。

「芸能界きってのおしどり夫婦は本当にビジネスではないのか」ふたたびダー子。

「運命の赤い糸はあるのか」とボクちゃん。

「真実は愛だけが知っている」そしてリチャード。

「コンフィデンスマンの世界へようこそっ」

三人の声が揃う。そのまわりを豆助が楽しげにまわる。つづけてダー子が窓の外を指差し、勝ち鬨《どき》をあげるように叫んだ。

「レッツ・ゴオッォオ・トウゥウ・ザッ・ホォンコオォンッ」

3

眠い。眠くてたまらない。

モナコは思わずアクビをしてしまった。それも我慢していたぶん、思った以上に口が開いてしまい、慌てて両手で隠す。隣のボクちゃんを横目で見ると、彼は窓の外に顔をむけ、モナコのことなど気にしていないようだった。それはそれで寂しいというか、物足りなかったが仕方がない。

ふたりはいま、香港の路面電車に乗っていた。香港トラムだ。列車は二階建てで、せっかくだからと言うボクちゃんのあとについて、二階にあがってきた。朝の七時でもさほど混んではおらず、空席はいくつかあったが、ボクちゃんは吊り革に摑まり、立ったままでいた。きみは座ってもいいよと言われたものの、座ったら寝てしまいそうなので、ボクちゃんの隣で立っていることにした。

「どこもかしこもあのロゴだらけだな」

ボクちゃんが呟くのが聞こえる。モナコは彼の横顔から車窓の外へと目をむける。なんのロゴか、すぐにわかった。弓を引くひとが象られたそれは、ラン・リウが総帥を務める『射手座集団』のロゴだ。街角に溢れており、ラン・リウの力を示しているかのようだ。

香港まるごとを手中におさめる女性がどんなひとなのか、モナコは想像もつかなかった。

香港に着いたのは昨日の夕方で、空港からまずむかったのは『MICHIKUSA KOWLOON』なるゲストハウスだ。ひとつの部屋にみんなで泊まるのだと聞かされたときには、マジかよと思ったが、5ＬＤＫと日本の一般的な一軒家と変わらぬ広さだった。ひとり一間、だれがどの部屋を使うかはクジ引きで決めた。

モナコは階段をあがって手前の部屋となった。豆助もだ。いつ日本に戻ってくるかわからないし、この子がいればみんなの気持ちも和《やわ》らぐからさ、とダー子に連れてくるように勧められたのである。

夜には街にでて、香港で十本の指に入る高級レストランで食事をすることになった。個室に案内されると、そこには五十嵐が待ち構えていた。店は彼が予約していたのだ。

決起集会？　前祝い？　どっちだってイイや。カンペェエエイッ。

ダー子の乾杯にはじまり、三時間は食べたり飲んだりしていた。驚くべきはダー子の食べっぷりだ。つぎからつぎへとオーダーし、平らげていった。モナコも負けてはいられぬと対抗したものの、途中でギブアップした。男連中もである。ダー子は酒も煽《あお》るように呑み、レストランをでた頃にはへべれけだった。それでも唄いにいきたいと駄々をこね、みんなでカラオケボックスに入った。

香港まできてカラオケなんてと思いながら、モナコもけっこう唄った。各々、平均して十曲ずつは唄ったはずだ。そんな中、ダー子が唄った『夢中人』という歌が気に入った。ただし日本語ではなく、中国語で歌詞の意味はさっぱりだったが、とても心に沁みたのである。彼女がこの歌を唄ったあと、だったらぼくはとボクちゃんが『夢のカリフォルニア』という英語の歌を披露した。なぜ、〈だったら〉なのかはわからずじまいだった。

結局、宿泊先に着いたのは夜中の一時過ぎだ。待ちくたびれたのか、豆助はベッドの真ん中で寝息をたてていた。モナコはシャワーを浴びて、髪を乾かす余裕もなく、豆助の邪魔にならぬよう、ベッドに横たわった。そしてノックの音で目覚めた。

モナコ、起きてる？

ドアのむこうからボクちゃんの声がした。

は、はい。

夜這《よば》いにきたのか。いくら広いとは言え、隣の部屋はダー子である。声をだすのを我慢してもいいが、物音はするだろう。豆助が起きて吠えるかもしれない。そもそも急過ぎる。心の準備ができていない。ここは断ろうか。しかし据え膳食わぬはと昔のひとは言ったではないかと考えを巡らせていたところだ。

六時半にはでるからね。そろそろ起きて準備をしたほうがいい。朝飯は外で食べるとしよう。

わ、わかりました。

とんだ勘違いだったとモナコは自らを恥じた。

氷姫ことラン・リウには夫がいた。正しくは元夫である。名を孔海東《こうかいとう》といい、四大財閥のひとつ、光洋実業の御曹司との攻略結婚だったらしい。十年前のことだ。しかしその夫が商才のない怠け者とわかった途端、ポイと捨ててしまったのだという。

昨夜、カラオケボックスで五十嵐に聞いた話だ。〈ラン・リウにもっとも近かった男〉とはまさに孔海東のことだった。とうの昔に財閥を離れており、グループ企業のどこにも名前がない。一時期は氷姫の手によって葬り去られたとまで噂されていたが、どうやら財閥の暮らしにも経営にも興味はなく、すべて捨てて自由気ままに暮らしているらしい。怠け者過ぎて追いだされたのが真相とも言われている。

いずれにせよ行方知れずの孔海東と思《おぼ》しき人物を五十嵐は見つけだしていた。ただしまだコンタクトは取っておらず、その役目をモナコはダー子から仰せつかった。ボクちゃんとペアでだ。

「おっと、ここだ。下りるよ」

「は、はい」

香港トラムを下りてむかった先は公園だ。繁華街の中にありながらも東京ドームの三つ分だか四つ分だかある広大な公園で、その敷地内には庭園や展望台、プール、博物館、噴水広場、小さな湖まであるとガイドブックに記されていた。できればボクちゃんと腕を組んで、観光気分を味わいたいところである。しかしボクちゃんはずんずんと先にいってしまう。

公園に入ると、何十人ものひと達が、ラフな恰好で、ゆっくりとおなじ動きをしていた。太極拳《たいきょくけん》にちがいない。テレビなどではよく見る光景だが、ほんとにやっているんだと、モナコは妙な感心をしてしまった。

太極拳だけではない。剣や派手な扇子《せんす》を持って、踊っているグループもちらほら見かけた。テーブルを囲んでいるひと達もけっこういた。なにをしているのか、遠目ではわからない。するとボクちゃんが「あれは将棋《しょうぎ》か麻雀《マージャン》をしているのさ」と教えてくれた。

なんであれ、朝からみんな元気で楽しそうだ。

「砲台の近くに毎朝必ずいるって、五十嵐さんは言ってたんだけど」

この公園からは港ぜんたいが見渡せる。そのため昔は軍事基地として利用されており、随所に砲台が設置されていたという。そのいくつかはいまも史跡として残っているのだ。

ゆるやかな坂をのぼっていくと、砲台があった。いまはもう使えない立派な大砲が据え付けてある。そのそばで、十数人のひとが群れていた。ボクちゃんがそちらへむかうのを、モナコは追いかけていく。

みんなが見ていたのは、薄汚れたジャージ姿のオジサンだった。小太りの彼は髪と髭を伸ばし、長さが一メートルはあるだろう大きな筆で、地面に文字を書いていた。バケツの水を時折、筆先に付けながらだ。地面に書く書道なので地書というらしい。モナコのような素人目でも達筆だとわかった。

このオジサンこそが孔海東と思しき人物なのだ。いちいち〈らしき男〉とか〈思しき人物〉とか煩わしいので、今後は〈孔海東？〉だ。

「私、日本のテレビ制作会社の者なのですが」地面の習字がおわってからだ。見物人がいなくなるのを見計らって、ボクちゃんが孔海東？に話しかけた。「じつはお願いがありまして。できればお話だけでも聞いていただけないでしょうか」

たぶんそう話しているにちがいない。なにせ広東語《かんとんご》なのだ。モナコにはちんぷんかんぷんだ。しばらくはボクちゃんと孔海東？のやりとりを、ぼんやり見ているしかなかった。やがてボクちゃんがモナコに顔をむけた。孔海東？も興味なさげに横目で見る。

「よろしくお願いしますっ」モナコは孔海東？に頭を下げた。これは日本語だ。

「ＡＫＯ47の堀部《ほりべ》安子《やすこ》と言います。一生懸命がんばります。弟子にしてくださいっ」

どういうことかと言えばだ。

アイドルに化けたモナコが、テレビ番組の企画で孔海東?に弟子入りし、しばらく彼の下に通い、地書を教わり、その模様をテレビ制作会社のディレクターに扮したボクちゃんがビデオカメラで撮影する。そして孔海東?が本物の孔海東なのかをたしかめ、もしそうであればラン・リウについての情報を聞きだすのだ。なかなかの大役である。

発案者はダー子だ。カラオケボックスで、例の『夢中人』を唄いおえたあと、イイこと思いついちゃったぁと提案してきたのだ。

そんな話、たやすく引き受けるかな。

リチャードが首を傾げた。じつはモナコも同意見だった。すると五十嵐が右手で指を二本だした。なぜいまピースサインかと思ったが、そうではなかった。

香港ドルで二十万もあればじゅうぶんでしょう。自由人を気取っているけど、お金にはだいぶ困っているみたいですからね。

そしていまボクちゃんがリュックサックから封筒をだした。それを受け取るなり、孔海東?は遠慮なく中身を覗きこんだ。表情は変わらないものの、目がキランと輝くのを、モナコは見逃さなかった。ボクちゃんが広東語でなにか言った。しかし孔海東?はそれを聞かずに、封筒をジャージのポケットにねじこみ、一歩前にでて、持ったままでいた大きな筆をモナコに差しだした。なにか言ったのだが、広東語なのでわからない。するとボクちゃんが訳してくれた。

「地面に自分の名前を書いてみろとさ」

とは言え本名を書くわけにはいかない。モナコは筆を受け取り、バケツの水に筆先を浸し、地面に『堀部安子』と一気に書きあげた。気づけばボクちゃんが小型のビデオカメラを右手に構えており、そのレンズをモナコから孔海東？へと移動した。腕組みをした彼は、モナコの文字をじっと眺めていたが、やがてなにか呟いた。

「書道を習っていたことがあるのかだって」とボクちゃん。

「いえ、まったく」習い事ができるような余裕のある人生ではなかった。

「素直でいい字を書く。教え甲斐があるそうだ」

モナコが筆を返すと、孔海東？は地面にすらすらと文字を書きはじめた。

相見時難別亦難
するとふたたび孔海東？が筆を差しだしてきた。無言だ。しかしその目はこれを見本に書いてみろと命じているのにモナコは気づいた。

すでに稽古《けいこ》がはじまっていたのだ。

4

「リショーインだね」

モナコが筆を止めて顔をあげると、スーツ姿に蝶ネクタイのリチャードがいた。いましがた帰ってきた彼は、ソフト帽を取ると、優に五メートルは先にあるコート掛け目がけて、ひょいと投げる。すると見事、そのてっぺんに引っかかった。

「いまなんて」

「リショーイン。モナコちゃんがいま書いている漢詩の作者だよ。知らなかった？」

「はあ」モナコは『MICHIKUSA KOWLOON』の大広間で、ソファや家具を動かしてスペースをつくり、床に文字を書いていたのだ。「やっぱ中国のひとですか」

なんと間抜けな質問をしているのだと、モナコは我ながら思う。それでもリチャードは笑うことなく、律儀に答えた。

「あんまりエラくない官僚で、不遇な人生だったらしいけど、漢詩人としては生前から高く評価されてね。死後千二百年近く経ったいまも、こうして語り継がれているわけだから、たいしたもんじゃない？」

あたしは千二百年近く前の人の詩を書いていたのか。

「ダー子はどうしました？」ボクちゃんだ。大広間はキッチンも併設されており、夕飯の準備をしているところなのだ。「いっしょにマカオ、いってたんじゃないんですか」

「私は遊び方がキレイだからね。ダー子は五十嵐くんに任せて、キリがいいところで先に帰ってきたんだ。それにこの歳になると、連日呑み歩くのはツライ。メシも油っこいものが多いしね」そう言いながらリチャードはソファに倒れるように座った。するとどこからともなく豆助が走ってきて、彼の膝に飛び乗る。「ボクちゃん、なにつくってるの？」

「これから揖保乃糸《いぼのいと》を茹でるんですけど食べますか」

「いいねぇ、揖保乃糸。そういうあっさりしたものが食べたかったんだ。ご相伴与《しょうばんあずか》ろう」

ＡＫＯ47の堀部安子ことモナコが、孔海東？に弟子入りをしてすでに十日が経っていた。ボクちゃんはもちろん、二日目からは豆助もいっしょに公園へ足を運んでいる。表にだせ、散歩をさせろと吠えつづけ、モナコにまとわりついたので、やむなくキャリーバッグに詰めこみ、連れていった。このバッグは日本にいたときに、ダー子が買ってくれたものだ。布製で軽い割に、頑丈でカタチが崩れず、通気性がいい。豆助の名前にふさわしい空豆色で、『To Say Nothing of the Dog.』という英語がしゃれた文字でプリントされている。脇にはポケットが大小四つ付いていて、スマートフォンや財布、化粧道具まで入れられるので、豆助を連れていくのに、他のバッグはいらず、これひとつでじゅうぶんだった。

香港トラムに犬を乗せていいものかどうかわからなかったが、豆助はそのへんを弁《わきま》えており、キャリーバッグの中でおとなしく丸まっていた。見つかっても、ぬいぐるみと思われるにちがいない。

さらに幸いなことに孔海東?は犬好きだった。犬好きに悪い人はいないと言い、豆助の飼い主だというだけで、モナコの株が少しあがったほどである。

地書の稽古は朝七時半から三時間みっちり、おこなわれた。孔海東?の指導は厳しくはないものの、熱心で真剣そのものだった。モナコも手を抜かず、真面目に取り組まざるを得なかった。

相見時難別亦難　東風無力百花残
春蚕到死絲方盡　蠟炬成灰涙始乾
暁鏡但愁雲鬢改　夜吟應覚月光寒
蓬山此去無多路　青鳥殷勤為探看

孔海東?に習った漢詩である。一日七文字ずつ教わり、最後まで辿り着くのに八日間かかった。はじめに孔海東?が見本を書いてくれるものの、しばらく経つと乾いて消えてしまう。そのためモナコは難しくて読み方も意味もわからない文字を短時間で、丸暗記しなければならない。

そしてこの昨日と今日の稽古では、五十六文字ぜんぶ、自分の記憶だけを頼りに書くよう、孔海東?に命じられた。大変ではあったが、毎日書いているうちに、一文字ずつ身体に染み渡っていくような感触があった。

それはともかく一週間以上経っても、本来の目的がまるで果たされていない。いまだ孔海東?の?は取れない状態なのだ。

家族はいらっしゃるんですか？　結婚は？　奥さんは？

ボクちゃんがプライベートな質問をしたことは何度もあったらしい。らしいというのは広東語なので、モナコはあとでボクちゃんからボヤキを聞かされるのだ。

ところがいつもテキトーにはぐらかされちゃうんだよなぁ。まいったよ、まったく。どうすりゃいいんだか。

今日で十日目、いい加減、ダー子が痺れを切らすのではないかと思いきや、彼女は彼女で忙しかった。ただし仕事ではない。リチャードと五十嵐を引き連れ、香港を満喫していたのである。今日もカジノの金庫空っぽにしたるぜと、フェリーに乗ってマカオまでかけてしまった。ほんとにこのひとはラン・リウを罠にかけるつもりで、香港にやってきたのか、ただ単に遊びたかっただけではないのかと疑いたくなるほどだった。

「相見《あいみ》る時難《かた》く別るるは亦《ま》た難し、東風《とうふう》力無く百花《ひやっか》残る、春蚕《しゅんさん》死に至りて絲方《いとはじ》めて盡《つ》き、蠟炬《ろうきょ》灰と成りて涙始めて乾く」

　三人で食卓を囲んでいる最中だ。リチャードがいきなり声を張りあげ、意味不明な言葉を言いはじめた。ドッグフードを貪っていた豆助が顔をあげる。ボクちゃんは気にすることなく、揖保乃糸をずずずと音を立てて啜りつづけていた。

「暁鏡《ぎょきょう》に但《ただ》だ愁《うれ》う雲鬢《うんびん》の改まるを、夜《や》吟《ぎん》應《まさ》に覚《おぼ》ゆべし月光の寒きを」リチャードはさらに言葉をつづける。モナコが床に書いた漢詩を読んでいるのだ。「蓬山此《ほうざんこ》より去りて多路《たろ》無し、青鳥《せいちょう》殷勤《いんぎん》として為に探り看《み》よ。ずぅずずずずずずぅ」

　最後のは揖保乃糸を啜る音だ。

「って書いてあるんですか。ずずず」とボクちゃん。

「そのとおり。ずずず」リチャードが答える。

「でもこれ、中国語じゃないですか。ずずずずう。いまの日本語ですよね」

「読み下し文だよ。ずず。高校で習ったの覚えてないの、モナコちゃん？　ずずずぅ」

あたし、高校いってないんでとは言えなかった。正しくは三日で中退したのだ。それからはよからぬ連中とツルんで、悪さしかしないようになってしまったのだ、という話もいまは関係がない。ひとまずこう訊ねた。

「どういう意味なんです？　ずずず」

「会うのは難しいけれど、別れるのはもっと辛い。恋をとりもつ青い鳥さん、どうか私のためにあのひとを見てきてちょうだいってとこだな」

そう言うとリチャードは歌を口ずさんだ。『わたしの青い鳥』という歌だと聞いてもいないのに教えてくれた。

「あのオジサンがほんとの孔海東だとしたらですよ」モナコはぐいと身を乗りだす。

「いまもラン・リウを忘れられないでいるんじゃ」

「チックショオォォォォ」玄関から悲鳴に近い声がした。ダー子だ。「全財産もっていきやがってよぉ」

「だから言っただろ、勝っているうちにやめとけって」これは五十嵐だ。

「すっからかんだぁ。ケツの毛までむしられたぁ」

「なにがカジノの金庫空っぽにしたるぜだよ、まったく」

文句を言いながらも、ボクちゃんはダー子にタオルケットをかけてあげた。泥酔して大号泣した挙げ句に、大広間のソファに突っ伏して、そのままイビキをかきだしてしまったのである。豆助が頬をナメても目覚める気配すらない。

「あの、ひとつ聞いていいですか」

「なに？」ボクちゃんはダー子からモナコに顔をむける。

「前から気になっていたことなんですが」

背後でずずずと聞こえるのは、五十嵐が揖保乃糸を啜っているからだ。

「ダー子さんとボクちゃんさんって、どういう関係なんですか？」

「べつに。腐れ縁の幼なじみかな」

「赤星栄介から二十億奪ったって話はほんとですか」

「ダー子のヤツ、ペラペラと」リチャードが呆れ顔になる。

「赤星は裏ではヤクザを束ねて悪事をたくさんやっててね。ずずずず」揖保乃糸を啜りながら、五十嵐が口を挟んできた。「日本のゴッドファーザーなんて言われている。苦しめられてるひとがたくさんいるんだ。ずず」

「そんな大物を釣りあげるなんて信じられません」

モナコが言う。これは本心だ。

「ぼくはダー子に担がれてやっただけ」

ボクちゃんが言った。しかしモナコには言い訳にしか聞こえなかった。

「マジ憧れますよっ、ダー子さんには。間違いなく世界一のコンフィデンスマンですもん」

「どうかな。上には上がいるものさ」リチャードが言った。「ダー子さんにもかつて、まったく歯が立たない相手がいたからね」

「その話、ぼくも知らないな」とボクちゃん。

「私も会ったことはないがね。ダー子さんはそのひととおなじオサカナを取りあい、そして為す術なく持っていかれた。それどころかダー子さん自身、そのひとに身も心もなにもかも奪われた。しばらくはまったくの抜け殻だった」

ずずずずずっずず。五十嵐が揖保乃糸を啜る音だけが大広間に響き渡る。つづけて外から雨音が聞こえてきた。

「なんてひとです、そのひと？」モナコは訊ねた。

「ダー子さんは密かに『スタア』と呼んでいた。乙女のように目を潤ませてね」

「ぼくには信じられないね」ボクちゃんが不服そうに言う。まるで駄々っ子だ。

「ダー子さんも女さ」リチャードは外国人のように肩をすぼめた。「もっともダー子さんにとっては黒歴史かもしれんが」

「うっせぇぇ」ダー子が言った。ただし目蓋は閉じたままだ。どうやら寝言らしい。

「ごちそうさまっ」五十嵐だ。そそくさと立ちあがり、食器をキッチンへと運ぶ。「それじゃ、俺は自分のねぐらに帰るからさ。悪いんだけど傘ぁ貸してくんないか」

雨音はさらに強くなっている。モナコは窓に近づき、僅《わず》かに開けてみた。けっこうな本降りだ。考えてみれば香港にきてからはじめての雨である。

明日まで降ってたら、公園での稽古、どうなるんだろ。

夜空を見上げて考えていると、どこからか『夢のカリフォルニア』が流れてきた。先日、カラオケでボクちゃんが唄っていた曲だ。彼のスマートフォンの着メロだった。

「はい、もしもし。あ」ボクちゃんは広東語に切り替える。一分足らずで会話を済ませ、スマートフォンを耳から離し、モナコのほうを見た。「明日の稽古」

「中止ですか」

「いや。このまま雨だったら自宅で教えるってさ。いまメールで地図を送ってくる」

5

「うぅん、サイコォォオ。五臓六腑《ごぞうろっぷ》に染みるわぁ」

ダー子が歓喜の声をあげても、店内のだれも彼女を見ようとしなかった。朝食を食べるので忙しいのだ。みんな脇目も振らず、一心に粥《かゆ》を食べている。男女ともにスーツ姿が目立つ。いまから会社なのだろう。

「この揚げパンもうまいわぁ」

「粥に浸して食べるみたいですよ」

モナコはダー子に言った。隣の席のオジサンがそうやって食べていたのだ。

「ほんとだ。激ウマ。ボクちゃんもほら」揚げパンを粥に浸すと、ダー子はそれをボクちゃんの口元に近づけた。「あぁぁぁん」

「よせよ」

「なによ。食べなって。激ウマだよ」

仕方ないとボクちゃんは口を開く。しかしダー子は揚げパンをUターンさせ、自分で食べてしまった。

「ダー子っ、おまえ」

「甘いなぁ、ボクちゃんは。そんなんじゃ、私みたいな世界一のコンフィデンスマンになれないよ。すいませぇぇん。追加お願いしまぁぁす。ほら、ボクちゃん、広東語で言ってよ」

「まだ食う気か。もうやめとけ。表を見ろ。土砂降りん中、列ができてるだろ」ボクちゃんがダー子を叱りつける。狭い路地を入った間口の狭い、ちっぽけな店だが大盛況なのだ。回転率も高い。「だいたいぼくらはここにメシを食いにきたわけじゃないんだぞ」

ここは孔海東?の店だ。ただし彼はオーナーで、店はべつのひとに任せきりだった。厨房《ちゅうぼう》には坊主頭で強面《こわもて》の男がふたり、フロアは年齢不詳の女性が切り盛りしていた。しかも店内禁煙にもかかわらず、彼女だけはくわえ煙草《たばこ》で動き回っている。時折、厨房前に立ち止まると、煙を吐きだすのだ。そこまでして吸いたいのかと、モナコは思う。

今朝もいつもとおなじく六時起床だった。

でかける支度をして階段を下りていくと、大広間にはボクちゃんだけでなくダー子もいた。食卓で足を組んで座る彼女のいでたちは、仕事バリバリのキャリアウーマン風だった。タブレットを忙しくタップしているので、余計にそう見えたのだ。黒縁眼鏡はやりすぎに思えたが、似合っているため、文句は言えなかった。

それじゃ、いこっか。

　朝のあいさつもそこそこにダー子は腰をあげた。

孔海東?の店は茶餐廳《チャーチャンテーン》だった。喫茶店と定食屋を足して二で割ったような香港特有の飲食店である。朝七時からの朝食メニューがあり、中でもピータンと豚肉の粥は絶品らしく、早めにいって、食べることにしたのだという。

　その旨をボクちゃんが孔海東?に電話をかけて伝えたところ、それはいっこうにかまわないが、ウチにはオーナーの私よりも金にキビしいスタッフがいるから、自腹を切ってもらうし、混んでいれば列に並んでくれ、そのうえおなじスタッフが犬嫌いなので、店には豆助を連れてこないようにとも言われたらしい。豆助に関しては問題なかった。雨が嫌いな犬で、もともと留守番をさせるつもりだったのだ。

　開店五分前に到着したものの、雨にもかかわらず、すでに長い行列ができていた。二十分待ってどうにか中に入ることができたのだが、それだけの価値がある粥なのはたしかだった。

　ダー子とおなじくモナコもできればお代わりをしたいところだが、ボクちゃんの言っていたように、ここにメシを食いにきたわけではない。

すると厨房から孔海東？が顔をだした。モナコが気づくと、彼はこっちこっちと手招きをする。三人揃って席を立ち、そちらへいこうとしたところで、くわえ煙草のオバチャンが叫んだ。

「わかりました、わかりました」

そう言いながらボクちゃんがリュックサックから財布をだす。金にウルサくて犬嫌いのスタッフがこのオバチャンにちがいない。

孔海東？が厨房の奥にある長細いドアを開くと、下へむかう階段があった。彼が下っていくのを、ダー子、モナコ、ボクちゃんの順でついていく。

狭くて細くて、しかも急なのに、天井に裸電球が一個だけで、足元が暗かった。しかもえらく長い。このまま奈落《ならく》の底にでも連れていかれるのではないかとあらぬ妄想をしてしまうほどだ。

もちろん辿り着いたのは奈落の底や地獄の三丁目などではなく、六畳足らずの狭い部屋だった。天井が低く、当然ながら窓もない。必要最小限の家具だけで、小さな机の上には書の道具が乱雑に置いてあり、その脇にいつも公園で使う長い筆とバケツもあった。

だがなによりも圧巻なのは、四方の壁が書で埋め尽くされていることだ。額に入っていたり、掛け軸に仕立てていたりするものもあれば、直《じか》に四方をテープで貼っているものもあってさまざまである。紙も半紙や色紙だけでなく、大学ノートらしきものや包装紙の裏側、新聞なんてものまであった。数にしたら百は優に越えているにちがいない。しんと静まっているのにもかかわらず、書の文字でざわついているかのようだ。

「なんて素敵なお部屋ぁぁぁ」部屋の真ん中で、ぐるりとまわりながら、ダー子が言った。いつも以上にテンション高めだ。さらには「ウチの堀部がお世話になりっぱなしで、ホント、ありがとうございますぅぅぅ」と言ったかと思うと、孔海東？に抱きついた。

さすがにキスまではしないまでも、あまりに熱い抱擁に孔海東？は目を白黒させている。そんな彼にむかって、ボクちゃんが広東語で説明をはじめた。ダー子を紹介しているにちがいない。今日の彼女はＡＫＯ47の総合プロデュースを手がける、大手芸能プロダクションの敏腕マネージャーという設定なのだ。

自宅に乗りこめばなにかしら手がかりがあるはずよ、私も協力するから一気にカタを付けちゃいましょ。

ここへくる途中、香港トラムの二階席で、ダー子が宣言するように言ったのをモナコは思いだす。ベロベロに酔っ払って泣き叫んでいた昨日の彼女とはまるで別人で、頼もしかった。

「ほんとに凄いわぁ」孔海東?から離れ、ダー子は壁一面の書を興味深げに眺めている。

「これぜんぶ、センセーがお書きになったのかしら」

ボクちゃんが広東語で孔海東?とやりとりをする。

「半分は自分が書いたにちがいないのだが、はっきりと覚えていない、だれがどれを書いたかは問題ではなくて、大切なのはここにこうして存在することだとおっしゃっています」

「素晴らしいお考えですわ」ダー子は深々と頷き、孔海東?に微笑みかけた。「私もそう思います。つまり結果オーライということですね」

ちがうんじゃないかな。

「ちがうんじゃねぇの」

ボクちゃんが呆れ顔で、モナコとおなじ意見を口にしながら、リュックサックから小型のビデオカメラを取りだした。

「ヤスコッ」孔海東?が長い筆を指差すと、その指先を床に移動させた。稽古開始だ。

焦らずゆっくり丁寧に筆を運ぶ。

会うのが難しいけど、別れるのはもっと辛い、か。

リチャードが教えてくれた漢詩の意味を思いだす。

モナコは恋をしたことがない。男は星の数ほどいた。二股三股はあたり前、六股のときは月曜から土曜まで、日替わりでべつの男と過ごし、日曜はひとりを満喫した。同世代の女子よりも男性経験は豊富と言っていいだろう。でも本気で好きになったことは一度もない。ロマンスとは無縁の人生を送ってきた。

〈恋はいつだって自分を欺くことから始まり、他人を欺くことで終わる。これが世間でいうロマンスというものである〉。

以前、ひとに勧められて読んだ小説の一節だ。驚いたことにおなじ小説をダー子も読んでおり、その文庫本を香港まで持ってきていた。

「やっだぁ、これってセンセーですよねぇ」

最後の一句の二文字目、〈鳥〉を書きおえようとしたところで、ダー子が素っ頓狂な声をだすのが聞こえた。おかげで最後の点がウマく打てなかった。

「いまの半分くらいしかないじゃないですかぁ。めっちゃイケメェン。隣にいるウェディングドレスのひとは奥さんですかぁぁ?」

書だらけの壁に一枚だけ写真が貼ってあったのだ。手札サイズで、モナコが立つ位置からはなにが写っているのか、見ることはできなかった。ボクちゃんがダー子の言葉を広東語で伝えると、孔海東?は苦笑を浮かべながら手を振り、短くなにかを言った。

「その写真は十年も昔で、結婚生活は二年足らずだったそうです」

「なんでこんなイイ女と別れちゃったんですぅ？」

「イイ女でも欠点はある。食べ物の好き嫌いは激しいし、腰痛持ちで不眠症だった」

「そんくらい我慢できるでしょうがぁ」

ボクちゃんを通訳にダー子と孔海東？の会話はつづく。写真が気になったものの、残りわずかなので、モナコは筆を進めることにした。

「元妻は商売にしか興味はなく、夫の私にも一切心を開くことなく、肌さえ見せてくれなかった」

「生殺しだわ。あ、これは訳さなくていいのよ。そう言えばこのドレスも長袖で、全然肌を露出してないわね」

「占い好きというのも気に入らなかった。有名な占い師を抱えて、ビジネスの相談までするので注意をしたら、歴史上の覇者はみんなそうだったと言い返されてしまった。それと」

「まだあんの？」

「賭け事好きなのも嫌だった。漢詩をはじめ、中国の文学をことごとく嫌い、英文学を読んでいたのも許せなかった。私が李白《りはく》や杜甫《とほ》の詩を諳んじると、負けじとシェイクスピアの台詞を並べるのが不愉快だった」

　ボクちゃんがダー子に近づき、ビデオカメラを写真にむけようとしたところ、孔海東?が止めた。カメラのレンズを手で塞いだのである。

「どうしたの?」

「元妻は地位も名誉もある人物だが、メディア嫌いで表舞台にでたことは一度もない。結婚式は身内のみで写真はこれしか撮らなかった。それもフィルムで、元妻と自分用に二枚を現像すると、ネガは焼いてしまった。いまここで撮影したものが、なにかの拍子で世にでまわったら大変なことになる」

「大変ってどのくらい大変?」

「私が殺される。あなた達の命の保証もできない」

　そこでモナコは書を書きおえた。

「なにそれ、マジですかぁ。やだぁ。センセーの元妻って、ラン・リウだったりしてねぇ。ははは。ははは」

　ダー子がいくら笑っても、孔海東?はニコリともしない。壁の写真を凝視したままで、彼はなにか呟いた。

「ほんとですか?」

「なになに？　このひと、いまなに言ったの？」

尋常ではない驚き方をするボクちゃんに、ダー子が詰め寄る。

「元妻の母親は日本人で、福岡に暮らしていたこともあるんですよ」

「なんね、福岡ンおなごったいね」とダー子。

「ただし彼女の生まれ故郷はなくなってしまった」

「のうなったとはどげなことと？」

ダー子はまた博多弁だ。ただしこれが正しいのかどうか、モナコにはわからない。

「数年前、ダムの底に沈んだそうです。センセーは店にきた日本人のビジネスマンが話しているのを、たまたま耳にしたとかで」

帰る故郷がないのか。

モナコには故郷すらない。両親の手がかりもない。天涯孤独の身だ。

「別れた奥しゃんとは、いまはもう会うとらんと？」

ダー子の質問をボクちゃんが訳すと、孔海東？は短く答えた。

ウィンガチャッ、ウィンガチャッ、ウィンウィンガチャガチャッ。

「おっそいなぁ」文句を言ったのはボクちゃんだ。

「仕方ないだろ」と五十嵐。「レンタル賃、値切った安物なんだ。カラーなだけマシだと思ってくれ」

なにをレンタルしたかと言えばプリンターである。いまそこからは、めっちゃイケメンと筆舌に尽くし難い美女が並ぶ姿が徐々にあらわれてきた。

孔海東？の自室の壁に貼ってあった写真に他ならない。ダー子の手柄だ。彼女の黒縁眼鏡に、超小型カメラが内蔵されていたのである。モナコが種明かしされたのは、ゲストハウスに戻ってからだった。なんで先に教えてくれなかったのかと抗議したところ、気づいていると思っていたのよとダー子に言われてしまった。

大広間の食卓で、内蔵メモリで録画した画像をノートパソコンに転送し、鮮明に見えるようにと、五十嵐が修正を施したうえで、プリントアウトをすることに相成ったのだ。

ウィィィィンガチャガチャ。

元は手札サイズだったが、プリンターからでてきた写真は雑誌よりもひとまわり大きなA4サイズだ。これを手にしたボクちゃんはみんなの前にかざし、「うつむき気味だけど顔ははっきり見えるよね」と言った。

だれかに似ているとモナコは思い、すぐに気づいた。

竹内結子《たけうちゆうこ》だ。

「意外とイイ女だな」五十嵐が身を乗りだして、しげしげと見る。

「イイ女なんてもんじゃないわ」ダー子は写真を潤んだ目で見る。「私、タイプだわぁ」

「タイプって女のひとですよ？」とモナコ。

「タイプに男も女もないでしょ」

魅惑的な笑みで、ダー子に同意を求められ、モナコはなんだかドギマギしてしまう。

「で？」とリチャード。彼はソファに座り、膝の上にいる豆助の頭を撫でていた。「話はまだ途中ですよ。別れた奥しゃんとは、いまはもう会うとらんと？　とダー子さんが訊ねたところまでです。彼はなんと答えたのですか」

「元妻が賭け事好きって話はしたでしょ。中でもいちばんハマっていたのが競馬《けいば》で、競走馬を数多く所有してて、その馬達がレースにでるときには競馬場に足を運んでいた。デビュー戦ともなれば必ずね。元夫の彼は短い結婚生活で、元妻に何度か付き添っていったこともあって」

「賭け事に興味はないが、馬は美しいから好きなんだと、彼は言っていました」ダー子の話にボクちゃんが注釈を付けるように言う。

「待ってくれ」五十嵐は納得いかない顔つきだ。「ラン・リウが競馬場にでかけていた？　まさか。人前を嫌って、海辺のマンションの最上階に引きこもって金勘定をして

かない」

「だれもラン・リウの顔を知らない。故にラン・リウが人前にあらわれてもだれも気づかない」

豆助の頭を撫でながら、リチャードがまるで歌の紹介をする司会みたいに言う。

「さすがに夫婦水入らずというわけにはいかず、信頼する執事とボディガードを引き連れていったそうだけど」ダー子は香港にある競馬場の名を言った。「彼女のいちばんのお気に入りの競馬場で、いまでも時折姿を見せるので」

「そのとき元夫は会いにいくのか」

五十嵐が先走って言うと、ダー子は「そーではなか」と首を横に振った。「元妻は昔から席が決まっていて、いまもそこに座るみたいなの。でも近づこうものならボディガードになにをされるか、わかったもんじゃない。だから遠くの席からオペラグラスで眺めているだけで満足なんだって」

「それは会うとは言わないと思いますが」

「なんもわかっちゃいないなぁ、モナコちゃんはぁ」ダー子が非難するように言う。「どれだけ距離があっても、おんなじ空間にいて、そのひとの顔を、オペラグラス越しでも見ることさえできれば、会ったことになるの。ロマンス、感じない？」

ロマンスというより未練がましいだけじゃないのかな。

「なんであれ」ボクちゃんが言った。「この女性がラン・リウである可能性が高いのはたしかです」

「アキラ一〇〇%ならぬラン・リウ九〇%ってとこね」ダー子はドヤ顔だ。我ながらウマいことを言ったと思っているようだが、そうウマくはない。「なによりもこの胸元に光る首飾りにご注目あれっ」

「まさか」

ソファから立ちあがり、リチャードがダー子のもとに駆け寄る。彼の膝に乗っていた豆助は、放りだされたカタチになり、「きゃんきゃん、きゃん」と吠え立てた。

「パープルダイヤ?」

「かもしれないし、そうじゃないかもしれない」ダー子は平然と言う。「それもこれもラン・リウ九〇%にコンタクトをとってたしかめるのみよっ」

「どうやって?」と五十嵐。

「それをいまからみんなで考えるんだよ。さぁ、シンキングタイムだよ、諸君。そのあいだに私が一曲、フェイ・ウォンの『夢中人』を」

「あの」モナコはおそるおそる手を挙げた。「ひとつアイデアが思い浮かんじゃったんですけどイイですか」

6

「勝ったぁ勝った、また勝った。勝たんでもエエのにまた勝ったっ。信じられへんっ」

五十嵐が怪しげな関西弁でハシャギだす。席を立ち、踊りだしそうな勢いだ。ヤリスギだとモナコは思う。隣のダー子を見たが、微動だにせず、乙に澄ましていた。そんな彼女のずっとむこうに、こちらを窺っている女性がいた。大きな帽子を被り、ハイネックの肌の露出のない黒い服に身を包んでいる。ラン・リウ九〇%だ。危うく目があいそうになり、モナコは慌てて目をそらす。

むこう正面に高層ビルが並び立つ。それもごく間近である。都会のど真ん中にある競馬場だとは知っていたが、こんなすごい夜景が見られるとは思ってもみなかった。

莫迦でかくて光量も半端ではないライトが眩しい。その光に一周千四百メートルというトラックの芝生が照らされている。いましがたレースをおえ、ゲートにはまだつぎのレースの馬が入っていない。

時刻は午後九時前だ。以前、ツマラナイ男とデートで、ナイター競馬にでかけたことがある。日本ではたしかこのくらいでおわりだったが、香港のこの競馬場はまだまだこれからだ。最終レースは十一時近い。

五万五千人収容できるスタンドは観衆で埋め尽くされ、歓喜と悲嘆の声が入り混じって騒々しくも、だれもがみな楽しげに見えた。

週のど真ん中の水曜に、これだけ盛りあがって平気なのか、といらぬ心配をしてしまう。なんだったらモナコも仲間に加わって、ビール片手にレースを肴にどんちゃん騒ぎをしたいところだが、そうはいかなかった。

いまのモナコはモナコではない。AKO47の堀部安子でもない。孔海東?に地書を教わった彼女は、二週間の稽古を経て、めでたく彼のお墨付きをもらい、帰国したことになっている。

今日のモナコは宮《みや》ノ守《もり》ヒカル子という。隣にいるダー子は、その姉のサクラ子である。陰陽《おんみょう》、易《えき》、九星《きゅうせい》、面相《めんそう》、そして風水《ふうすい》まで用いて占うことができる神官にして祈禱師《きとうし》の姉妹なのだ。ふたりして地味で清楚なワンピースを着て、前髪ぱっつんのロングヘアのカツラを被って、ばっちり変装している。孔海東?がオペラグラスでラン・リウ九〇%を見ていたとしても、AKOの堀部安子だとは気づくまい。

五十嵐扮する飲食店の社長に占いであれこれアドバイスした結果、経営が瞬く間に右肩上がりとなり、そのお礼に香港まで連れてきてもらったという設定である。

競馬場でも社長を儲けさせ、間近にいるラン・リウ九〇%の気を引いてみるというのはどうでしょうか、とダー子達に提案したのはモナコ自身だ。さらにこう付け加えた。

一見、突飛《とっぴ》に思われるでしょうが、じつは過去におなじ手口でオサカナを釣ったことがあるんです、あたし。

嘘ではない。

そう遠くない昔、ツマラナイ男にナイター競馬に連れていかれたときである。見事成功し、オサカナからけっこうな額を巻きあげたものの、ツマラナイ男にすべて持ち逃げされてしまい、モナコ自身は一銭も実入りがなかった、という結末までは話さなかった。

それはさておき、このアイデアがなんと満場一致で採用され、実行に移すことになった。

ラン・リウ九〇%のお気に入りの競馬場でレースがおこなわれるのは、週に一回水曜の夜のみだった。モナコ達がここを訪れたのは、じつは今日で三回目である。孔海東？から聞いた彼女の指定席と通路を挟んで隣の席を、レースがはじまる七時頃からダー子とモナコ、五十嵐の三人で陣取ったものの、先週先々週の二回とも待ちぼうけを食らってしまった。最後まで指定席は空席のままだったのだ。

今日もおなじ時間に訪れると、隣にはやはりだれもいなかった。二度あることは三度あるのかと思いきや、三度目の正直だった。八時過ぎ、遂にラン・リウ九〇%があらわれたのである。

盗み撮りした写真から十年の歳月が経っているにもかかわらず、美貌に磨きがかかり、若返っているようにさえ思えた。そして写真を見たときとおなじく、実物を目の当たりにして、いよいよもって竹内結子にそっくりだと思った。ただしレースの結果に一喜一憂する観衆の中で、彼女はただひとり、クールというか無愛想というか、この世のすべてに飽きてしまったような表情を保ちつづけていた。

笑ったら、もっと魅力的だろうにな。

できれば笑顔が見たいとモナコは思う。

気になることがひとつあった。ラン・リウ九〇%のスマートフォンだ。時折だしてその画面を確認するが、ギンギラに悪趣味なくらい、そのカバーがデコりにデコっていたのだ。クールでスタイリッシュな彼女にはまるで似つかわしくなかった。

孔海東?が話していたとおり、お付きの者は老《ふ》け顔で年齢不詳の、執事になるために生まれてきたような執事と、がっちりとした体格でボディガード以外何物でもないボディガードのふたりだけである。

「いやぁ、あんたらのおかげでっせぇ。信じてよかったたっ。ありがとさんっ。おおきに、おおきに。つぎのレースも頼みまっせぇぇ」

五十嵐がインチキ関西弁で言った。いつも以上にウザくてウルサイ。

「プリィィズビィィクワイエットッ」

通路を挟んだ隣から、年齢不詳の執事が五十嵐にむかって注意した。この一時間のあいだで、これが五回目だった。最初のうちは静かで品のいい言い方だったのが、いまは苛《いら》つきを抑え切れず、目が三角になっていた。

「オォオ、ソォオリィ、ソォオリィ」

五十嵐が適当に詫びている最中に、場内で花火があがった。それも半端な数ではない。色も赤青緑と艶《あで》やかだった。どうやらなにかのセレモニーらしい。モナコは思わず見蕩れてしまう。

「イヤッホォオォオッ。ソォオビユゥウティフルゥウ。アイラァアブホンコォオォン」

ついさっき執事に注意されたばかりなのに、五十嵐は大はしゃぎだ。でもこれは彼だけではない。五万五千人の観衆がヒートアップしているのだ。モナコもぜひとも叫びたいところだが、ぐっと堪えた。

ダー子とは反対の席に置いたキャリーバッグを覗きこむ。そこには豆助がいた。花火の音に怯えていないかと思ったのだが、いらぬ心配だった。丸まって寝息を立てている。その姿はやはり、ぬいぐるみにしか見えなかった。

これまでの二回、競馬場に連れてくることはなかった。そもそもペットの持ち込みは不可なのだ。今夜もゲストハウスで留守番のはずだった。ところがモナコやダー子だけでなく、ボクちゃんやリチャードもでかけるのだとわかると、俺もいっしょにいきたい、だいじょうぶだ、路面電車でもおとなしくしてるじゃん、ぜったい迷惑をかけない、お願いだと吠えつづけ、みんなの足にまとわりついてきたのだ。

いいよ、連れてってあげなよ。なんか役に立つかもしれないし。

そう言ったのはダー子である。いまのところ、役に立つことはなにもしていない。キャリーバッグの中で、惰眠《だみん》を貪《むさぼ》るだけだった。

だったらゲストハウスで留守番してればよかったんじゃないの、あんた？

そんなモナコの胸中を察したかのように、豆助は目蓋を開き、面倒くさそうに顔をあげた。

「イケイケイケイケ、オラァアアァァアアッ」

五十嵐が立ち上がって絶叫する。花火の煙がまだ舞う中を馬達が右回りのコースを走っていく。

賭け事に興味はないが、馬は美しいから好きなんだ。

孔海東?の言葉だ。ボクちゃんが訳すのを聞いたとき、なに言ってんだろとモナコは思った。だがこうして競って走る姿を眺めていると、たしかに馬は美しかった。見ていて飽きることがない。どの馬を応援するでもないのに、手に汗を握ってしまう。

「やったぁぁあぁ」一着の馬がゴールするなり、五十嵐は叫んだ。ぜんぶ演技である。馬券を一枚も買っていないのに、よくもまあ、ここまではしゃげるものだとモナコは感心してしまう。「これで三連勝やでっ。あんたらはやっぱりタダ者じゃないでんがなっ。言うとおりにしてほんまよかったわぁ」

通路のむこうで、年齢不詳の執事が五十嵐を睨みつけ、注意しかけたが、すぐにその口を閉じた。彼の隣でラン・リウ九〇%が立ちあがったのだ。彼女が短くなにか言うのが聞こえる。すると執事とボディガードも腰をあげ、その場から立ち去ろうとした。どうやら帰るつもりらしい。大変だ。このチャンスを逃したら、つぎにいつ会えるかわかったものではない。といってここで引き止めるのも妙である。横目で見ると、ダー子もまた焦りの色を隠せずにいた。どうにかしなければ。

「きゃん、きゃんきゃん」

豆助だ。キャリーバッグから飛びだしたのだ。

「待ってっ」「待ちなさいっ」

モナコとダー子で追いかける。

「きゃん、きゃんきゃんっ」

「うわっ」

執事が小さな悲鳴をあげた。その足元を通り過ぎていく豆助の前に、ボディガードが立ち塞がった。彼の迫力に気圧されたのか、豆助は身体をすくめ、動けなくなっている。ボディガードはグローブみたいな手を伸ばし、豆助の首根っこを掴もうとしたが、その手前で止まった。背後からラン・リウ九〇%が鋭い声を飛ばしてきたのだ。

「きゃんきゃんっ。きゃん」

ボディガードの股座《またぐら》をくぐり抜け、豆助はラン・リウ九〇%の足元にじゃれついた。

「きゃん、きゃん、きゃんきゃんっ」

遊ぼ、遊ぼ。いっしょに遊ぼ。

ラン・リウ九〇%は嫌がるどころか、その場にしゃがむと、豆助の頭を撫でた。執事とボディガードは為す術もなく、見守っているだけだ。モナコ達もである。豆助だけがご機嫌だ。喉元をくすぐられ、甘えた声までだしていた。

「くふぅうん、くふぅうん」

くすぐったいよぉ、でももっとやってぇ、もっともっとぉ。

「ふふふ」

笑い声がした。ラン・リウ九〇%が笑っている？　ただし大きな帽子に隠れて顔は見えない。たしかめたいところだが、まさか近づいて下から覗くわけにはいかない。やがてラン・リウ九〇%は豆助を抱え持ち、ゆっくりと立ちあがった。

執事にむかってなにか言った。広東語だ。

「名前ハ、ナンデスカ。教エテクダサイ」

執事が日本語で言った。ラン・リウ九〇%の質問を訳したにちがいない。

待てよ。孔海東？の話では元妻は母が日本人で、福岡で暮らしていたこともあるはずだ。だがそれも幼少の頃だけで、いまはもう、日本語はできないのかもしれない。

「わたくしの名は宮ノ守サクラ子、これなるは妹のヒカル子」

「チガイマス。犬ノ名前デス。教エテクダサイ」

「豆助です」

「マメスケ」ラン・リウ九〇%は豆助のおでこにキスをすると、こちらに差しだしてきた。

「あ、ありがとうございます」

モナコが前にでて、豆助を受け取る。だがその礼を半分も聞かないうちに、ラン・リウ九〇％はきびすを返して歩きだしてしまう。

「お、お待ちくださせぇっ」モナコは慌てて引き止める。

「くださせぇ？」五十嵐が妙な顔をする。どうしてそんな語尾になってしまったのか、自分でもわからない。なんであれ、ラン・リウ九〇％が立ち止まって振りむいた。いまだ。このチャンスを逃すわけにはいかない。モナコは豆助を抱きかかえたまま、ダー子のところまで戻り、彼女の耳元に口を寄せ、こう囁いた。

「相見る時難く別るるは亦た難し、東風力無く百花残る」

孔海東？に習った漢詩だ。リチャードに読み下し文を教わり、諳《そら》んじられるようになっていた。なにを言おうが関係ないのだが、咄嗟《とっさ》にこれがでてきたのだ。ダー子はモナコの顔をマジマジ見てから、ラン・リウ九〇％にむかっておごそかに言った。

「余計なことかもしれませんが、妹が緑色にお気をつけなされと」

訝しい顔をしながらも、執事はそれを広東語でラン・リウ九〇％に伝えた。さらに短く会話を交わしてからだ。

「ソチラノ、オ嬢サン達ハ、占イ師デスカ。教エテクダサイ」

「そうですよ」と答えたのは五十嵐だった。「この姉妹のおかげで、私の会社も立ち直りましてね。それでまあ、お礼にこうして香港にお連れしたのですが、せっかくなんで、その力をちょっとお借りしているところでして。ははは。昨日は昨日で、マカオでがっぽり稼がせてもらいました。ほんと笑いが止まりませんよ。はははははっははははっはははははは」

「ストップッ」

執事が一喝すると、五十嵐の笑いはあっさり止まった。

「妹は社長の気運を読んだのです。三十年に一度の大幸運期で、さらに南西の方角に赴けばその力はより大きくなると香港を訪れました。ただしそれだけではありません。この地に救うべき者ありと啓示を受けたと、妹は申しておりました」

ダー子の言葉を執事がまた広東語でラン・リウ九〇%に伝える。

「救ウベキ者ハ見ツカリマシタカ。教エテクダサイ」

「まだです」そう答えるダー子の耳元に、モナコはふたたび李《り》商隠《しょういん》の漢詩を囁く。

「春蚕死に至りて絲方めて盡き、蠟炬灰と成りて涙始めて乾く」

「妹はすぐ近くにいるのを感じているそうです」ダー子は言った。打ち合わせどおりの台詞である。だがそのあと、ちょっとしたアドリブを付け足した。「豆助もそれに気づいたのかもしれないと」

「きゃん、きゃんきゃんきゃん」

俺？　俺の話してる？

「私達姉妹は、しばらく香港に滞在しておりますので」ダー子はさらに一歩前へでて、ラン・リウ九〇％に名刺をさしだす。「なにか困ったことがおありでしたら、連絡をください。それとさきほども言いましたが、くれぐれも緑色にはご注意を」

名刺は執事が受け取った。そのときにはもう、ラン・リウ九〇％は出口へと歩きだしていた。おなじエリアだが、だいぶ距離のある席で、ドレッドヘアでアロハシャツの男が席を立つ。リチャードである。いまからラン・リウ九〇％を尾行するのだ。

「きゃっ」

モナコは女の子みたいな悲鳴をあげてしまった。女の子なのだから当然ではあるものの、ダー子達の前なので、なんともバツが悪かった。

「いまのマジ、やばかったよ」ボクちゃんが言った。つなぎのライダースーツを着ているのだが、それは緑色だった。脇に置いたヘルメットも緑色である。「ラン・リウ九〇％の車には接触しかける程度でいいのに、危うく突っ込みかけちゃってね」

モナコが悲鳴をあげたのは、その瞬間を見たからだ。目の当たりにしたわけではない。ここは『MICHIKUSA KOWLOON』の大広間だ。緑色のヘルメットにしかけたカメラで撮影した動画を、そこそこ大きめの液晶モニターでみんな揃って鑑賞している最中なのだ。

競馬場をでたラン・リウ九〇%をリチャードが尾行し、彼女達の乗った車を確認した。その車種とナンバー、そしてパーキングからでていった方角を、競馬場近くで待機するボクちゃんに報せたのだ。

モニターには交差点の真ん中で止まった黒塗りの車が映しだされている。車に詳しくないモナコでも一千万円は下らないとわかる高級車だ。その窓が開き、顔をだしたのはボディガード以外何物でもないボディガードだ。こちらにむかって、とはつまり緑色のヘルメットを被っていたボクちゃんに怒鳴りつけていた。

広東語ではなく英語だが、モナコでもファック・ユーくらいは聞き取れる。これにボクちゃんが広東語で応じた。こちらは意味がわからないが、謝っているのはたしかである。ところがボディガードは許す気がないらしい。車から下りてきたのだ。しかも手には警棒らしきものが握られている。

「やっべっ」

これはモニターからのボクちゃんの声だ。つぎにエンジン音が聞こえてきたかと思うと、香港の街が動きだした。もちろんボクちゃんがバイクに乗って、疾走しているのだ。それを見ながら、バイクのうしろで、ボクちゃんにしがみつく自分の姿をモナコは想像する。これから先、そんな機会が訪れるかどうかはわからない。でもなくはないことだ。英語の罵声が微かに聞こえる。ボディガードにちがいない。

「お見事っ」

パチパチパチと拍手をしたのはソファに座るリチャードだ。ドレッドヘアのかつらは外しているが、アロハシャツのままだ。そしてその膝には豆助が眠っていた。

「たいしたもんだよ、ボクちゃん。これでラン・リウ九〇%は宮ノ守姉妹の占いを信じたはずだ」

占い師にバケて競馬場で気を引くところまでは、モナコのアイデアだが、そこから先はダー子がシナリオを書いた。

余計なことかもしれませんが、妹が緑色にお気をつけなされと。

ダー子がラン・リウ九〇%に忠告した緑色とは全身緑色にコーディネートした、ボクちゃんのことだったのである。

「ダー子、名刺は渡したんだよな」

「あ、うん」ボクちゃんの質問に、なぜかダー子は上の空だ。動画を停止したモニターをじっと眺めている。

「だったらいますぐにでも電話がかかってきても、おかしくないだろうに」

「そりゃ、ボクちゃん、気が早いよ。夜も遅いんだし」とリチャード。深夜一時になろうとしている。「明日にはかかってくるさ」

「悪いんだけど、ボクちゃん」ダー子が言った。「この動画、巻き戻してくんない？」

ボクちゃんが言われたとおりにする。モニターの中ですべてが逆戻りしていく。

「ストップ」

ダー子が叫ぶ。ボディガードが高級車から下りてきたところで、一時停止となる。

「リチャードさん、ちょっときてくんない？」

「あん？」リチャードは膝の上の豆助をそっとソファにおろし、モニターに近寄っていく。「どうした？」

「これ」

ダー子がボディガードの肩越しを指差す。高級車の真後ろにミニクーパーが止まっている。どういう光の加減か、その運転席の顔をはっきり見ることができた。

三浦春馬《みうらはるま》だ。

いや、ちがう。人気若手俳優が香港の夜を、ひとりでミニクーパーを飛ばしているなんて。なくはない。しかしやはり三浦春馬ではなかった。

「ジェシーじゃない？」とダー子。

「ジェシーが香港に？」とリチャード。

「ジェシーってあの？」とボクちゃん。

「揖保乃糸まだある？」と五十嵐。

「きゃんきゃんきゃん」と豆助。

「ジェシー？」

だれにともなくモナコは言った。

7

六根清浄《ろっこんしょうじょう》、六根清浄。

そう言いながらモナコは坂をのぼっていた。まあまあ急で、そこそこキツい。右手に持つスマートフォンを見る。グーグルマップによれば、目的地に辿り着くためには、あと五分はこの坂をのぼっていかねばならないようだ。ただし約束の時間は午後二時なので、まだじゅうぶん間にあう。早めに宿をでて正解だった。

「きゃんきゃん」

なにやってんだよぉ、早くこいよぉ。

豆助が呼んでいる。その首輪に付いた伸び縮みするリードが、いちばん伸びた状態になっていた。できればこのまま引っ張っていってほしいものだが、豆助にできるはずがなかった。

「待ってよぉぉ」

ダー子だ。ふりむくと十数メートルはうしろを歩いている。さらにむこう、ビルの狭間に海が見えた。ヴィクトリア湾にちがいない。

「豆助、ちょっと待って」

「きゃん、きゃん」

しょうがねえなぁ、まったくぅと、豆助は足を止めたモナコのところまで戻ってくる。

この地域は数年前に地下鉄の駅が三つできて、再開発が進み、古い建物がつぎつぎと取り壊され、高層ビルが雨後のタケノコのごとく、つぎつぎ建設されているという。昨夜、ネットで仕入れた情報である。香港トラムの停留所から下りて、歩いているうちに、このあたりも射手座集団のロゴが目立つのにモナコは気づく。

「なんで勝手に先いっちゃうのさぁ」

ようやく辿り着いたダー子は文句タラタラだ。

「お姉様が遅いんですよ」

いまのふたりは宮ノ守姉妹なのだ。

「なにそれ？　私がオバサンだって言いたいの？」

「言ってませんよ、そんなこと。なんでしたら、うしろから押しましょうか」

「やっぱオバサン扱いしてる」

「してませんって」


宮ノ守姉妹にバケて、今日で二週間だ。ラン・リウ九〇％が宮ノ守姉妹について調べるかもしれないので、ダー子とモナコ、そして豆助は『MICHIKUSA KOWLOON』をでて、べつの場所で寝泊まりしている。

五十嵐にペット可の超豪華なホテルを紹介してもらったにもかかわらず、せっかくの香港なんだからとダー子は勝手に一泊三百香港ドルの安宿を選んでしまった。おなじ九龍《クーロン》だが、繁華街のど真ん中にある古びた十数階建てのビルの八階の一室だった。縦長の六畳という狭さで、二段ベッドにユニットバスである。せっかくの香港なんだからの意味がわからない。そこでモナコが訊ねたところ、なんでもダー子が好きな映画のロケ地がこのビルだったらしい。

『恋する惑星』っていう映画、知らない？

知らなかった。モナコが正直に答えると、ダー子はいっしょに見ようよと誘ってきた。

ここにきたら見るつもりでＤＶＤとポータブルプレーヤーを持ってきたのよ。

二段ベッドの下の段で、ふたり並んで座って見た。

金髪にサングラス、そして年中カーキ色のレインコートを着た女と、日本人っぽい顔の男の話だった。女は麻薬の密売人で、平気でひとを殺しもする。対して男は刑事だ。ふたりはある晩、バーで出逢い、ホテルへいく。これからふたりは恋に落ちて、大変なことになるのだなと思ったが、唐突に話はおわり、まるでちがう男女の話がはじまった。ベリーにもほどがあるショートカットの女と、端整な顔立ちでイケメンというよりも二枚目といったほうがピッタリくる男だ。女はテイクアウト専門の小食店で働き、常連の彼に夢中になる。そしてついには留守中に彼の部屋へ入りこんでしまう。なにをするのかと思えば、主に掃除だった。やがてバレるが、男は女をデートに誘う。ところが女はこのデートにいかないのだ。そして一年後、不意にハッピーエンドを迎える。

後半の話の中で『夢中人』と『夢のカリフォルニア』が流れたときにはビックリした。

そして見ているあいだに、ベリーショートの女はフェイ・ウォンといい、『夢中人』を唄っているのはこのひとだとダー子に教えてもらった。

どうだった？

ダー子に訊かれ、モナコは正直に答えた。

ちょっとわかんないとこがありましたけど。

そこがイイのよ。

そういうものかと思いながらも、どこにこの建物がでていたかを訊ねた。するとダー子は一時停止をしながら、丁寧に教えてくれた。

これが初日である。その後、なにをしていたかと言えば、暇を持て余していたとしか言い様がない。ラン・リウ九〇％からの連絡を待ちつづけていたのだ。そのあいだ占い師に成り済ましていなければならなかった。自分達のことをラン・リウ九〇％が調べているかもしれないからだ。ボクちゃんやリチャード、五十嵐とも直《じか》に会うのは避けた。

外出の際にはお揃いの前髪ぱっつんのロングヘアのかつらを被り、化粧もお互いが似るように施し、地味で質素な服を身にまとった。いまもそうだ。オイシイものを食べにいくにしても、酒は呑まなかった。酔っ払ってボロをだしたら元も子もない。とくにダー子はヤバいので、宿泊先の部屋でも呑ませなかった。酔った勢いで、外出しかねないのだ。

ダー子と香港の銀行へ一度、足を運んだ。なにか詐欺に関することかと思いきや、モナコのために口座を開いてくれたのである。ダー子が行員相手に手つづきをしたのだが、その途中で、まるで別人の名前だと気づいた。それでも全然、問題なく、モナコはキャッシュカードを手に入れることができた。口座にはすでに日本円で三百万円入っていた。ダー子には香港へくる前にコザカナ釣りを二回手伝ったときの報酬よと言われた。

先週の水曜の夜には競馬場にいったものの、ラン・リウ九〇%は姿を見せなかった。自分でアイデアをだしておきながらなんだが、十日も過ぎると、宮ノ守姉妹にバケている意味がほんとにあるのかと思えてきた。ラン・リウ九〇%は宮ノ守姉妹などに興味を持たなかったのではないか、あるいはそもそもラン・リウ九〇%は残り一〇%、つまりラン・リウではなかったのかもしれないとまで考えるようになった。

くっそぉぉ。食いつかないわねぇ、氷姫。

むしろ食いつくのが怖くなってきました。

なに弱気になってんのよ、会ってみたら意外と気さくなオバチャンだったりするかもよぉ。

そんな会話を交わしながら、このままずっと、ダー子とほんとの姉妹のように暮らすことができたらイイのに、とモナコは思った。狭い部屋も気にならなくなっていた。むしろこの狭さが居心地いいくらいだった。最近はボクちゃんとリチャードの三人で、いままでどんなオサカナを釣ってきたかという話をダー子から聞くことが多い。どのエピソードもドラマチックでおもしろく、とても勉強になった。

そして今朝、遅い朝食を食べている最中に、ダー子のスマートフォンからフェイ・ウォンの『夢中人』が流れてきた。相手が年齢不詳の執事だとわかると、モナコにも聞こえるよう、スピーカー通話に切り替えた。

アナタ方ハ今日ノ昼、時間ガアリマスカ。教エテクダサイ。

ございます。

私ノ主人ガ、アナタ方ト会イタイソウデス。アナタ方モ会イタイデスカ。教エテクダサイ。

妹はあの女性のことを大変、気にかけておりました。ぜひ会ってお話がしたいと申しております。

デハ面会場所ハ、コチラデ指定シテモカマイマセンカ。教エテクダサイ。

かまいません。

赤煉瓦《れんが》の建物の前で、モナコは立ち止まった。年齢不詳の執事から聞いた住所はここにちがいない。窓から中をのぞくと、さほど広くない室内に、天井まである本棚が何台も並んでいる。壁一面も本棚だ。そしてどの棚も信じられない数の本で埋め尽くされている。

ところどころにテーブルと椅子があり、ひとり黙々と読書に勤しむひとや、何冊も本を積みあげた脇で、ノートパソコンを打つひとがいた。本を片手にマグカップでコーヒーかなにかを飲んでいるひともいる。

ラン・リウ九〇%との面会場所は、彼女の自宅と思しき海辺の高層マンションかと思いきや、そうではなかった。年齢不詳の執事から訊いたのは住所だけで、そのあと検索してみたところ、このブックカフェだったのだ。

「いないわねぇ、ラン・リウ九〇%」窓から覗きこみながらダー子が言う。「ここで間違いない？　我が妹よ」

「はい、お姉様」

モナコは豆助をキャリーバッグに入れる。そしてドアを開いて、ブックカフェの中へ入った。

店内はけっこう奥行きがあった。ラン・リウ九〇%をさがして、どんどん奥まで進んでいく。どこかでひとの声がする。英語だ。ただしモナコには一言も聞き取ることができなかった。ひとりではない。何人かで話しているようだ。自然と声のするほうへ足がむく。

ところが籐《とう》の衝立《ついたて》に塞がれ、先に進めなくなった。声はそのむこうからだ。脇から覗くと、個室というか小部屋があった。八畳ほどの広さで、五、六人が円卓を囲んでいる。その中にラン・リウ九〇%がいた。競馬場で会ったときとはだいぶ印象がちがう。今日もハイネックの肌の露出のない服だが、色はベージュだった。室内だから当然だろうが、帽子は被っておらず、銀縁の眼鏡をかけている。そのうえ流暢《りゅうちょう》な英語をしゃべっているせいか、とても知的に見えた。笑ってはいないものの、表情は柔らかだ。

ラン・リウ九〇%は衝立から顔をだすモナコとダー子、そして豆助に気づいた。豆助はキャリーバッグから顔だけだしていたのである。腕時計を見ると、彼女は円卓を囲むメンバーになにかを言った。途端にみんなから「おぉぉ」だの「あぁぁあ」だの残念がる声が洩れた。それでも椅子から立ちあがり、「ジョイギン」「ハイガムシン」「バァイバァアイ」と口々に言う。さすがのモナコも香港に二ヶ月近くいるので、これらが別れのアイサツだというくらいはわかった。つぎつぎと部屋をでて、籐の衝立の脇を抜け、モナコ達の横を通り過ぎていく。その中のひとりを見て、モナコは危うく声がでそうになった。

ジェシーだ。

さきほど部屋を覗きこんだときは、こちらに背をむけていたので、気づかなかったのだ。ダー子を横目で窺うと、平然として、顔色ひとつ変えていなかった。

「サクラ子さん、ヒカル子さん。こちらにどうぞ」

籐の衝立のむこうから呼ぶ声がする。

「はいっ」「はい」

ふたりで返事をしてから、ダー子とモナコは顔を見合わせた。


「先日、競馬場でお会いしたときは、お付きの方に通訳をさせていらしたのに」円卓を挟んでラン・リウ九〇%の真向かいに座るとすぐ、ダー子が言った。「日本語がおできになるとは思ってもいませんでした」

「日本語ができないとわかると、日本人同士が目の前でも平気で、大切なことをしゃべってしまうことがよくあるの。おかげでこちらが有利になる場合も少なくない。戦術のひとつよ。卑怯な手段と言われれば、それまでだけど」

そういうものかとモナコは感心する。しかしダー子は目を少し吊りあげていた。怒っているのか。ダマすのは好きだが、ダマされるのは嫌いというわけだ。

「今日はお付きの方は？」とダー子。

「いないわ。ここでの私は、いつもの私ではなく、本来の私なので」

「ではいつものあなたはニセモノのあなたということですか」

「ニセモノとまでは言わないけど、演じているのはたしかだわ」

それは氷姫を、ということだろうか。

「さきほどまでいらした方達は、どういうお仲間なんでしょう？」

「オスカー・ワイルドの読書会と言ってね」ダー子の質問にラン・リウ九〇％は静かに答える。「私が主催者で、二週間にいっぺんのペースで、ここをお借りして開いているの。ここは大学が近いので、そこの学生が多いけど、中には仕事の合間に訪れるビジネスマンや、暇を玩《もてあそ》ぶ有閑《ゆうかん》マダム、翻訳家や小説家もいるわ」

「オスカー・ワイルドって『ドリアン・グレイの肖像』のですよね」

「サクラ子さんはお読みになったことがあるのかしら」

ダー子は鞄からその文庫本をだして、円卓に置いた。

「昔、ひとに勧められて読んだのですが、今回、香港を訪れる際、ふと読み返してみようと思って、日本から持ってきました」

「こんな偶然、あるのね」

「偶然ではありません」ダー子はきっぱり言い切る。「あなたに会うことを感じ取ったのです。これは運命です」

ラン・リウ九〇%は返事をしないで、ダー子を真正面から見据えた。眼力が凄い。だがダー子も負けてはおらず、睨み返している。円卓の真ん中で、火花が散っているにちがいない。

「きゃん、きゃん」よぉ、別嬪さんっ。

「To Say Nothing of the Dog.」ラン・リウ九〇%はダー子から豆助に視線を移し、バッグに明記された英字を読んだ。「ジェロームの『ボートの三人男』の副題よね」

「だそうですね」ダー子が答える。「私はその作品に案を得たＳＦで、このタイトルの小説を読んだことがありまして」

「それなら私も読んだわ。なんていう作家だったかしら。好きで何冊も読んでいるのに名前を忘れるなんて」

モナコにはなんのことか、さっぱりだ。

「きゃんきゃん。きゃん、きゃん」

遂に豆助はバッグを飛びだし、ラン・リウ九〇％に駆け寄ると、その膝に乗っかった。

「豆助っ」

「いいのよ。競馬場で豆助が私に駆け寄ってきたのも、運命なのかしら」

「きゃん、きゃんきゃん」

俺に運命感じちゃいました？　まいったなぁ。

「一九五〇年代、宮ノ守ウメ子という占い師がいた。天性の心眼をもって過去と未来を視ることができる彼女は、まだ十代にもかかわらず、日本政財界のフィクサー達の寵愛を受け、戦後の復興を陰ながら導いたとまで言われている」

ラン・リウ九〇％は豆助の頭を撫でながら、ドキュメンタリー番組のナレーターのごとく、滔々《とうとう》と語りだした。

「そのウメ子が十八歳のとき、当時売りだし中だった五歳上の映画スターと恋に落ちた。しかしフィクサー達がこれを許すはずがなかった。なぜか。男を知ると心眼が失われると思われていたからだった。仲を引き裂こうとすればするほど、ふたりの愛はよりいっそう深まっていく。そして遂に二人は結ばれ、ウメ子は女の子を授かった。ところが映画スターは映画の撮影中、不慮の事故で亡くなってしまった。ほんとに不慮の事故かどうかは怪しいところだが、それはともかく、フィクサー達がつぎに目をつけたのはウメ子の娘だ。この子がウメ子の力を受け継いでいるかもしれない。だとすればすぐには無理にせよ、十年も経てば自分達の役に立つかもしれない。だがそうはいかなかった。ウメ子は娘を連れて、忽然《こつぜん》と消えてしまった。さまざまな噂が流れ、一時期は娘と無理心中を図ったのだと言われていた。この母子の捜査は公安が秘密裏におこなっていたものの、遂に昭和のおわりとともに打ち切られた。ところが平成も三十年が経とうとした現在に、宮ノ守の名字を名乗るヒカル子とサクラ子なる姉妹が出没するようになった」

そこで一息ついてから、ラン・リウ九〇%は口調を戻し、こう訊ねた。

「噂ではあなた達、ウメ子の孫娘だそうじゃない？　ほんとなの？」

「私達姉妹のことをお調べになったのですか」

ダー子が徐に言った。その隣でモナコはきりきりと胃が痛くなる。自分達の嘘がバレるかもしれないと気が気でないからだ。

ヒカル子とサクラ子がこの数年、日本各地に出没しているのはほんとだ。ただしそれは詐欺の手口だった。伝説の占い師の孫という触れこみで、地方の実力者に付け入り、金を巻きあげる事件がいくつか発生していた。そもそも宮ノ守ウメ子も実在したのか疑わしい存在なのである。

「こないだ、競馬場で妹さんが緑色に気をつけてって言ってたでしょ。あれ、当たったのよ。帰り道、車に乗っていたら、バイクにぶつかりそうになってね。そのドライバーが緑色のライダージャケットを着ていたの。そのあとすぐ、あなた方に連絡しようとしたら、執事に止められてしまって。私といっしょにいた年齢不詳のオジサンがいたでしょう？　教エテクダサイっていう。あなた達に会うのであればと、身元を調べてきたのよ。気に障ったらごめんなさい。ま、私にしたらあなた達がだれでもイイのよ。力さえ本物であればね」

氷姫とは思えない気さくさだ。つづけてラン・リウ九〇％はこう訊ねてきた。

「あなた達は私の素性をご存じ？」

「いまのところは競馬とオスカー・ワイルドが好きなことだけです」ダー子が答える。だれもラン・リウの顔を知らない。故にラン・リウが人前にあらわれてもだれも気づかない。

リチャードの言葉をモナコは思いだす。

「あなた達がウメ子の孫だとしたら、心眼で過去と未来が見えるのよね」

「はい。とくに妹のヒカル子であれば。なにしろこの子はまだ殿方を知りませぬ故に」

いまさら処女面するのもなんだよな、とモナコは胸の内で苦笑する。だがそういう役柄なのだからしようがない。

「だったらまずは私の過去を視てもらおうかしら。どうすればいいの？」

「両手を握るだけでけっこうです。ヒカル子、あの方のそばへ」

「いいわ。私がいく。豆助、ごめんなさいね」

ラン・リウ九〇％は豆助を膝からおろし、ダー子とは反対側の椅子に座る。

「もっと近寄ったほうがいいわよね」

そう言うと中腰になり、両手で椅子を持って、モナコと距離を縮めてくる。

「むきあったほうがいいかしら？」

ラン・リウ九〇％の意見に従った。モナコも椅子ごと動かし、彼女のほうをむく。近い。近過ぎるって。なにしろお互いの膝がぶつかっているのだ。だがラン・リウ九〇％は気にする様子もない。

甘い香りが鼻をくすぐる。ラン・リウ九〇％の香水にちがいないのだが、モナコにすればまるで媚薬だった。クラクラする。男性であれば惚れてしまうことだろう。

「どうぞ」とラン・リウ九〇％が両手を差しだしてくる。握るとその触り心地たるや、すべすべして気持ちよく、この手で頭を撫でてもらっていた豆助が羨ましくなるくらいだった。

「目は瞑《つむ》るの？」

「は、はい」ぜひそうしてくれ。この近距離でじっと見つめられていたら、仕事にならない。いよいよこれからが本番なのだ。

「きゃん、きゃん。きゃん」

なにしてんの？　なにがはじまるの？

「豆助、静かにしてちょうだい」

ラン・リウ九〇%が一言注意すると、豆助は吠えるのを止め、彼女の足元で丸くなった。モナコはダー子のほうを見る。

しっかりやるのよ。彼女が信じるも信じないも、あなた次第なんだからね。

目で訴えているのがわかる。ヘマはできない。そのためにダー子相手に練習もしてきたのだ。モナコも目蓋を閉じて、軽く深呼吸をする。そして胸の内で十数えてから徐に言った。

「山が……見える……青々とした緑に覆われ……青空……うるさいくらいの……蟬の声……小川で……遊んでいる……みんなで水をかけあって……びしょびしょに濡れても……楽しくてたまらない……ランちゃんランちゃん……橋の上から……ママが…呼んでいる……ママ……ママ……おかえりママ……小川をでて橋の上のママに……抱きつく……待っとったよママ……こん子はびしょ濡れやなかと……でもママは嫌がらず……

自分の服が濡れるのもかまわずに……私を抱きしめてくれた…」

ラン・リウ九〇%の手が微かに震える。

「女のひとが………バイクに乗っている……外国の女性……どこか知らない国…色がない……モノクロの世界……ママとふたりで…テレビの前にいる……私はママにぴたりと身を寄せて……何度も繰り返し見た……ママが好きな映画……私も大好き…いつか自分にも……運命のひとがあらわれて……運命の恋をする……そう夢見ていた……Rome!By all means, Rome. ……映画の台詞をママがいっしょに言う……私も真似る……Rome!By all means, Rome.」


孔海東?の証言から、彼の元妻の生まれ故郷を突き止めたのは巣鴨キンタとギンコだ。ダー子達の知り合いで、やはり詐欺師らしい。

キンタとギンコは福岡まで足を伸ばし、数年前、ダムの底に沈んだとある集落を見つけ、そこに住んでいたひと達を聞き込みに回った。すると二十年以上昔、集落を去った女の子がいることがわかった。その子の名前は蘭《らん》だった。母子家庭で、母親は博多《はかた》でホステスをしており、ほとんど毎日、夕方にでかけて昼前に戻ってくる生活を送っていた。

蘭の父親は香港の財閥の総帥だとその母親は事あるごとに言うのだが、集落のひと達は一笑に付すだけで、だれも信じなかった。

蘭自身は天真爛漫で頭がよく快活で明るい子だった。友達も多く、母親はあだが、娘はイイ子だと集落では評判がよかった。

小学生にもかかわらず、突然みんなの前で、英語を披露することもあった。蘭は『ローマの休日』の台詞を丸暗記していたのだ。母親が好きな映画で、母子揃って繰り返し何度もビデオで見ているうちに、覚えてしまったのだという。

ところがそんな蘭にある日突然、不幸が訪れた。珍しく仕事が休みの母親とふたり、自宅で寝ているときのことである。隣家で火事が起こり、風に煽られ、その火の粉が蘭の家に飛んできたのだ。


「熱い……熱いよぉ……ママ……ママ……助けてママ……熱いよぉ」

モナコは呻くように言う。放そうとするラン・リウ九〇%の手を、そうはさせじとモナコはぐっと摑んだ。ここからが正念場なのだ。

「助けてママッ、熱いよ、助けてママ、ママ、ママ」モナコはカッと目を見開く。ラン・リウ九〇%もすでに目蓋を開き、怯え切った表情でモナコを見ていた。「ママ、熱いよママッ。どこへいったの、ママッ。助けてママ」

「やめてぇええっ」

ラン・リウ九〇%はモナコの手を振り払い、勢いよく立ち上がった。椅子がうしろに倒れる。

「きゃんきゃんっ。きゃんきゃん」

うっさいなぁ、豆助。

モナコはぐったりとして背もたれに寄りかかる。やり切った。我ながら迫真の演技だった。

「だいじょうぶですか」

「え、ええ」

ダー子が声をかけると、ラン・リウ九〇%はそう答えたものの、全然だいじょうぶそうではなかった。壁際に立ったまま、肩で息をしている。


キンタとギンコの調査によれば、火事にあった晩、母親と蘭は二階で寝ていた。母親は蘭に窓から飛び降りるよう命じて、自分は一階にある貯金通帳その他が入った金庫を取りにいこうとした。これが命取りだった。

全身ひどい火傷《やけど》を負ったうえに、母親を失った蘭には引き取り手がない。この先どうしたらよいものか、集落が困り果てているところへ、とある財閥の総帥の使いの者だという数人の男達が訪ねてきたかと思うと、二日後には蘭を連れ去ってしまった。

母親の話は本当だったのか。しかし集落の者達はおとぎ話ではあるまいしと信じられず、口さがない者は誘拐されて、どこかに売られてしまったのだとさえ言った。心配ではあるものの、調べる術もない。やがて集落はダムの底に沈み、蘭のことを思いだすこともなくなった。

キンタとギンコは聞き込みをしたひと達に、孔海東？の地下室にあった結婚式の写真を見せた。ボクちゃんが送信したデータを、スマートフォンの画面で見てもらったのだ。九割方が写真の女性を、蘭ちゃんだと認めた。しかも集落にいた頃の写真を見せてくれるひともおり、キンタとギンコはそれを一枚ずつスマートフォンで撮影し、ボクちゃんに送信してきた。

三十枚はある写真を、ダー子とモナコも見ている。いずれも蘭は笑っていた。青空の下、小川で友達と遊ぶ姿はほんとうに楽しそうで、見ている自分も幸せな気分になり、自然と口元が緩んだ。おかっぱ頭の彼女は、ラン・リウ九〇％によく似ていた。さらに蘭の母親の写真も一枚あった。蘭の入学式のときだろう。フォーマルな服を着た母親は、ラン・リウ九〇％と瓜二つで、髪型までおなじだった。

ラン・リウ九〇%は椅子を元の場所に戻して座った。なんとか落ち着きを取り戻したものの、瞬く回数がまだ多い。ぱちくりぱちくりと音が聞こえてきそうだ。豆助が彼女に近づいたが相手にされず、肩を落としてモナコのもとに戻ってきた。

「いかがでしたか」

「なにがかしら？」

「妹の心眼です。あなたの過去を正確に読み取ることが、できていたでしょうか」

「そうね。うん。イイ線までいってたわ。なかなかのものじゃない。ビックリしたわ。ごめんなさいね、みっともないところを見せてしまったわ。許して」

　モナコはダー子の耳に口を寄せる。

「暁鏡に但だ愁う雲鬢の改まるを、夜吟應に覚ゆべし月光の寒きを」

「妹さん、なにを言ったの？」

「あなたこそが救うべき者だと申しております。いま、あなたはなにかしらの窮地に陥っている」

「そんなことないわ。なに不自由なく幸せに暮らしているもの」

　ラン・リウ九〇%が答える。だがどこか無理が感じられ、強がっているようにも聞こえた。

「ならば窮地に陥っていることに、お気づきになっていないのでしょう」

ダー子が言う。お互い睨みあい、ふたたび円卓の真ん中で火花が散る。これはダー子の作戦でもあるのだ。

オサカナの気持ちに揺さぶりをかけて、まともな判断ができないようにするのよ。ふだんクールを気取っているヤツほど効果的なんだから。

「あなた達、まだ時間ある？　つきあってほしいとこがあるの。いいわよね」

「どこへ」

「ついてくればわかるわ」

ラン・リウ九〇％は腰をあげ、部屋をでていってしまう。ダー子とモナコは慌ててそのあとを追った。

五分後、ふたりは黄色いカブト虫の中にいた。ラン・リウ九〇％もいっしょである。彼女の持ち物なのだ。フォルクスワーゲン・タイプ1、いわゆるビートルで、外装が真っ黄色だった。

ラン・リウ九〇％がハンドルを握っているのだが、運転が穏やかではなかった。後部座席に座るダー子とモナコは、常に左右上下に揺れつづけ、落ち着かないほどである。そしてまた車内ではどこからか、ギィギィキュウキュウと絶えず軋《きし》む音を聞こえてきた。まるで人使い、いや、車使いの荒い主人に黄色いカブト虫が抗議をしているようだ。

さらにラン・リウ九〇％はハンドルから右手を放し、助手席に置いたバッグからなにやら取りだし、片手で操作し、耳に当てて、広東語でしゃべりだした。競馬場でも見たギンギラでデコりにデコった、悪趣味なスマートフォンである。いつまでも切ろうとせず、そのあいだずっと左手だけでハンドルを切っている。モナコは生きた心地がしなかった。横目でダー子を見ると顔が紙のように白い。

「だいじょうぶですか、お姉様」

そう声をかけても返事がなかった。

豆助が莫迦に静かなので、こんな状態でも眠っていられるのかとキャリーバッグを覗くと、怯えて身体をブルブル震わせていた。

「着いたわ」

どこに？

モナコはあたりを見回したが、わかるはずがなかった。黄色いカブト虫が停まったのは地下駐車場だったのだ。

「ここは？」

車を下りてからダー子が訊ねた。白かった顔は、いくらか赤みを取り戻している。

「競馬場」ラン・リウ九〇％は短く答え、さっさと歩きだす。ダー子とモナコはすぐにあとを追う。三人の足音が地下駐車場に響き渡る。

「先日お会いした？」

「ちがうわ。もうひとつのほう」

香港にはふたつ競馬場があるのだ。ラン・リウ九〇％はエレベーターの前に辿り着くと、上へのボタンを押す。

「どうしてここに？」ダー子が当然の質問をする。「今日は平日ですから、レースはありませんよね」

先日の競馬場は毎週水曜の夜だが、こちらは土日の昼間にレースを開催するのだ。ガイドブックにそう書いてあったのをモナコは思いだす。

「レースを見にきたんじゃないわ」エレベーターのドアが開き、ラン・リウ九〇％を先頭に入る。「じつは私、馬を持っててね。リトルオーキッドっていう子なんだけど、あなた達に会ってほしいのよ」

「馬にですか？　なんで」

「妹さんの心眼で、今度は私の馬の未来を視てほしいのよ」

なんですと？

モナコは息を飲む。と同時にふたたび、きりきりと胃が痛みだした。

「明日の夜、むこうの競馬場でリトルオーキッドがはじめてのレースにでるの。いまからあの子に触れて何位になるか、当ててくださらない？」

ラン・リウ九〇％の挑発的な口ぶりに、モナコはビビってしまう。そしてお腹がさらに痛んだ。このままでは胃潰瘍《いかいよう》になりかねない。

「たしかに妹さんは私の過去を読み取ることができた。素晴らしかった。でもね。過去なんてどんなに上手に隠したところでバレてしまうものだわ。あなた方が私に取り入ろうとして、だれかに調べさせた可能性はじゅうぶんにある。疑っているんじゃないから誤解しないで。可能性の問題よ。だから今度は未来を視てほしいの」

「緑色にお気をつけなされという妹の言葉は的中したとおっしゃいましたよね」

「あのドライバーが仕込みだったかもしれない」

きりきりきりきり。胃の痛みが激しくなる。モナコはお腹を両手で押さえた。

「許してちょうだい。十二歳で福岡から香港にきてから、ひとを容易《たやす》く信じてはいけないと教育されたものでね。心は常に氷であれ。父の教えなの。馬の未来を当てることができたら、妹さんの力を信じてもよくってよ」

チィィィィン。一階に到着し、エレベーターのドアが開く。

「さあ、いきましょう。私のリトルオーキッドを紹介してさしあげるわ」

「無理ですよ、お姉様」

「ここまできたら観念なさいな」

ダー子とモナコは化粧室にいた。エレベーターを下りてすぐ、モナコがいきたいと言ったのだ。個室には入らず、ふたりは洗面台の前でむきあっている。

「だったら、どうやって競馬馬の順位なんて当てることができるんですか」

「出走馬は八頭よ。どの数字を言おうとも、当たる確率は八分の一。当たったら目っけもん」

「外れたら？」

「それっぽい言い訳を考えておかなきゃね。でも」

「でもなんです？」

「なるべく当てて。我が妹よ」

「だから無理ですって」

「でる前に負けること考える莫迦いるかよっ」

そう言って、ダー子は顎をしゃくらせた。アントニオ猪木の真似だが、モナコはくすりとも笑えなかった。胃がさらに痛む。

「はい、これ」ダー子は鞄から茶色い小瓶をだして、モナコに渡す。正露《せいろ》丸《がん》だった。

「胃が痛むんでしょ。私もこの稼業をはじめた頃、そうだった。二錠飲んでおけばどうにか乗り切れるわ」

ほんとかな。でもいまは疑っている場合ではない。ダー子に従うだけだ。

「振り向くな、振り向くな、後ろには夢がない」

洗面台の水で正露丸を飲んだあとだ。いきなりダー子が言った。

「それもアントニオ猪木ですか」

「寺山《てらやま》修司《しゅうじ》よ」

モナコはそのひとを知らなかった。

こんな間近に馬を見るのは、モナコは生まれてはじめてだった。思ったよりも大きくて、愛らしかった。なによりも目がいい。なんとつぶらな瞳をしているのだろう。見ていると吸い込まれてしまいそうだ。

「可愛いでしょ」

「はいっ」

ラン・リウ九〇％の問いかけに、ヒカル子という設定を忘れ、モナコは元気よく答えてしまった。

香港の競走馬は、基本的にいまいる厩舎《きゅうしゃ》にいて、水曜にレースがあるときは当日、馬運車でむこうの競馬場へ運ばれていくのだという。ついいましがたラン・リウ九〇％に聞いた話である。

「この子、小さい頃から怖がりで、ちょっとした物音でびくついちゃうの。最近はさすがにそこまでじゃないけど、まだまだ人見知りでね。ただ私には甘えん坊で、こうしてじゃれついてくるのよ」

ラン・リウ九〇％の言葉通り、馬は馬房《ばぼう》の柵から顔をだし、彼女にすり寄っている。

「どうぞ。リトルオーキッドに触って、未来を視てあげてちょうだい」

「はい」

今度はだいじょうぶだ。ヒカル子の設定どおり、落ち着き払った、トーン低めの返事ができた。両手を差しだし、馬の顔に近づけていく。豆助の入ったキャリーバッグはダー子に預けてあるのだ。正露丸のおかげで胃の痛みは引いている。しかし緊張からか、手が微かに震えだす。

やべっ。

そう思っていると、馬のほうからモナコの両手のあいだに、顔を差し入れてきた。お互いの鼻が十センチも離れていない距離になる。背後で広東語が聞こえた。この馬の調教師だと、ラン・リウ九〇%に紹介された男性にちがいない。

「はじめてのひとにここまで懐くことは珍しいって。あなた、リトルオーキッドに好かれたみたいね」

好かれたのはいいが、この先、どうしたらいいのだろう。思い悩むモナコを馬がじっと見つめていた。馬もまた、モナコをヒカル子と信じているかのようだった。

振り向くな、振り向くな、後ろには夢がない。

だれだかよく知らないけど、寺山修司の言うとおりにしよう。ここまできたら、突き進むのみだ。

「一位です」モナコははっきりと言い切った。「明日の夜、この子は必ずや一位になることでしょう」

8

「Rome! By all means, Rome.」

英語がチンプンカンプンのモナコでも、その台詞だけは聞き取ることができた。ラン・リウ九〇%の前で、心眼の威力を発揮するため、何度となく練習をしたからだ。字幕の「羅馬」もローマだとわかった。

どこからか啜り泣くのが聞こえてきた。モナコは三列前に座るラン・リウ九〇%のほうに目をむける。ハンカチを目に当てているようだが、はたしてどうだろう。

「だれがあんたなんか本気で」

これはダー子だ。主演のふたりが出逢う前から、すぅすぅと寝息を立てていた。そしてときどきこうして寝言を呟くのだ。

一昨日の夜、信じ難いことが起きた。リトルオーキッドがレースで初出走にして初勝利を飾ったのだ。つまり〈ヒカル子のお言葉〉は見事的中してしまったのである。

ダー子とモナコは宿泊先の狭い部屋で、この中継を見ていた。ラン・リウ九〇%には当日、競馬場にいらっしゃいと誘いの電話があったのだが、ヒカル子というかモナコの体調不良で、丁重にお断りしたのだ。嘘ではなかった。胃の痛みがぶり返し、立っていられないほどだったのである。だがそれもリトルオーキッドがコーナーを回ってから、ごぼう抜きでトップになったときに、すっかり治ってしまった。

その直後にダー子のスマートフォンがフェイ・ウォンの『夢中人』を奏でた。ラン・リウ九〇%からの電話だ。お礼をしたいから明後日、会おうと言われ、もちろん承諾した。いよいよオサカナはエサにかかったのである。

ラン・リウ九〇%が指定した場所はなぜか映画館だった。約束の午後四時よりも少し早めに着くと、ラン・リウ九〇%はまだきていなかった。

香港は土地が狭いせいか、ほとんどの映画館はショッピングセンター内にあることが多いらしいが、九龍の油麻地《ヤウマテイ》にあるその映画館は独立した建物だった。一階には『KUBRICK』なるブックカフェがあった。名前の意味をダー子に訊ねると、『2001年宇宙の旅』の監督だという。映画のタイトルは知っていたが、モナコは見たことがなかった。

四時ちょうどにラン・リウ九〇%は訪れた。白のカットソーを白いシャツワンピースに重ね、ベージュのパンツに大きめのバッグを肩にかけていた。どうということはない、地味でシックな装いにもかかわらず、着こなしがよくて、ファッション雑誌から飛びてきたようだった。

ああいう女になれたらいいわねぇ。

モナコの隣で、ダー子がため息まじりにそう言った。

映画館で待ち合わせたのは、映画を見るためだった。建物の中には四つの映画館があり、ラン・リウ九〇%の話ではそのうちのひとつでダルトン・トランボなる脚本家の特集がおこなわれており、『ローマの休日』の上映は今日を含めて二回だけだという。

ビデオやDVD、ブルーレイで何度となく繰り返し見ているんだけどね。スクリーンで見るのは今日がはじめてなの。あなた達も楽しんでって。

ラン・リウ九〇%にそう言われたものの、なぜいっしょに見なければならないのか、モナコにはよくわからず、ダー子もきょとんとしていた。

まさかこれがお礼じゃないわよね。

劇場に入る間際、モナコの耳元でダー子は囁いた。

「どうだった?」

ラン・リウ九〇%に訊かれ、真っ先に答えたのは豆助だ。キャリーバッグから顔だけだして、うれしそうに鳴きだしたのだ。

「きゃんきゃんっ、きゃん」

面白かったですよぉ、サイコーでしたぁ。

バッグに入れたまま、映画館に入ったのだが、いつしかでてきた豆助は、モナコの膝の上に乗り、『ローマの休日』をまんじりともせずに見ていたのだ。

「犬でもわかるのねぇ、あの映画のよさがぁ」ラン・リウ九〇％は豆助の頭を撫でながら「おふたりは？」と訊ねてきた。

「感動しました」ダー子が澄ました顔で答える。

「きゃん、きゃんきゃん」

嘘つくな。おまえ、ずっと寝てたじゃんか。

豆助が抗議をするように吠えても、ダー子は素知らぬ顔だ。

「妹さんはどうだったかしら」

「主演の女優さんが素敵でした」

じつを言えばモナコもダー子と同様、はじめのうちはうつらうつらしてしまった。六十年も昔のモノクロ映画なんて退屈そうなうえに、日本語吹き替えのはずもなく字幕は中国語なのだ。そもそも映画にせよ漫画にせよテレビドラマにせよ、恋愛ものは苦手なのだ。しかしこの映画は可愛らしい主演女優を見ているだけで、飽きることなく楽しめた。ローマもいい。いつかモナコに住むのを夢見るゆえにモナコと名乗っているのだが、ローマも悪くないと思ったくらいである。

でもさすがに泣くことはなかった。ラン・リウ九〇%は劇場をでてすぐに化粧室にむかった。涙にくずれた化粧を直しにいったのかもしれない。

三人と一匹はいま、タクシーの中だ。映画館をでてすぐ、あなた方をお連れしたいところがあるのと、ラン・リウ九〇%に言われたとき、モナコはちょっと焦った。ビートルでですかと恐る恐る訊ねたのはダー子だ。彼女もラン・リウ九〇%の乱暴運転は勘弁願いたいと思っていたのだろう。だが答える前に、ラン・リウ九〇%は道端でタクシーを止めたのだ。

「あんなふうな恋をしたいと思った？」

「それは」どうだろう。モナコは答えに詰まる。

屋外の階段でジェラートを食べたり、石に彫られた顔の口に手を突っ込んではしゃいだり、ベスパをふたり乗りしたり、海に落ちてびしょ濡れになったあとに思わずキスしたり、ああいうのが恋なのか。

だとしたらやはりモナコは恋をしたことがない。

「以前も申し上げましたとおり、我らが一族の力は殿方を知ると弱まってしまいます。故に我が妹はまだ恋をすることも許されないのでございます」

「恋愛厳禁だなんて、日本のアイドルグループみたいね。お可哀想に。でもその力を発揮してもらわなきゃ、私も困るわけだけど」

ラン・リウ九〇%が運転手にむかって、広東語でなにやら指示をした。するとタクシーは角を曲がってすぐのところで止まった。


「店の中にあるもの、どれでも好きなのを選んでちょうだい。プレゼントしてあげる」

なにを言いだすのだ、このひとは。

モナコはラン・リウ九〇%の顔をまじまじと見てしまった。

「こちらは宝飾店ですが」

ダー子が信じ難いという表情で訊ねる。そうなのだ。タクシーを下りてから、ラン・リウ九〇%のあとをついて入ってきた。

「私が経営する宝飾店よ。世界各国に百三十八店舗、香港だけで十五店舗、その一号店で、いまも私自身の手で最高級品の宝石を取り揃えているわ」

「入口に『射手座集団』のマークがありましたが、あれは」

「その説明をしないといけないかしら？」

「いえ、けっこうです」

ラン・リウ九〇％が軽く睨むと、ダー子はおとなしく引き下がった。

「あなたの妹さんは、リトルオーキッドの未来を見事に言い当てることができた。それもだれひとり、予想していなかった一位だったでしょ。大穴も大穴、なにしろその配当は単勝で二十倍以上、四連単ならば八百倍近くで、競馬場はそれはもう大変な騒ぎだったんだから」

競馬をやらないモナコはピンとこなかった。しかしあの馬がみんなに賞賛される姿を想像すると頬が緩む。

よかったね、リトルオーキッド。

「我が妹はあの馬の気運を読み取ったまでのこと。当然の結果に過ぎません」

表情を変えずに答えるダー子に、モナコはちょっとムカついた。

リトルオーキッドに会った日の夜、安宿の狭い部屋に戻ってから、一位はないでしょ、一位は、とダー子には散々詰《なじ》られたのだ。

もっと中途半端な数字であればごまかしようがあるのに、よりによって一位ってどういうこと？

しかしダー子の気持ちもわからないでもなかった。さきほどラン・リウ九〇%が言ったとおり、新聞やネットで調べたところ、だれもリトルオーキッドを一位だなんて予想していなかったのだ。

「ほんとにそれだけ？」ラン・リウ九〇%が首を傾げる。

「とおっしゃいますと？」

「妹さんに会ってから、リトルオーキッドの様子がちょっと変わったのよ。調教師の話だと、馬運車で運ぼうとしたとき、他の馬を威嚇していたんだって。あんな気が弱い子が信じられなかったわ。妹さんはリトルオーキッドの未来を言い当てたのはたしかよ。でももしかしたら、妹さんはあの子に強い気を送って、一位に導いたとは考えられない？」

そんなことはありません。すべてはただの偶然です。

モナコはそう言いたい気持ちにかられたが、もちろん口は閉ざしたままでいた。するとだ。

「あながち間違いではありません」ダー子がおごそかに言った。「我が妹は一族の永き歴史においても、もっとも優れた力の持ち主と言われております。その威力は計り知れず、ときにはそれをコントロールできない場合もございます。そうした事態に備えるためにも、姉の私がこうして常に付き添っております」

盛り過ぎだってば。

「コントロールできない威力ってどんなもの？　カメハメ波みたいなのができたりするわけ？」

「なくもございません」

おいおい。

「ところで」

「まだなにか？」

「私どもはその志に感銘する方にのみ、力をお貸ししております。けっして金銭では請け負いません。どなたの召使いでも下僕でもないからです。そしてなによりも宮ノ守一族の誇りがあります」

「それはつまり、礼は受け取れないってこと？」

「いえ」ラン・リウ九〇％の言葉をダー子は即座に否定した。「せっかくのご好意、むげにお断りするのは失礼にあたります故、お言葉に甘えさせていただきます」

ダー子はそそくさと選んでいたが、モナコはまごつくだけだった。こういう場合、そこそこの値段のものを選ぶべきだと思ったが、そうはいかなかった。どの商品にも値札がついていなかったのである。どうやら値札を気にするような客を相手にしていないらしいのだ。

結局のところ、モナコが選んだのは、耳かきほどの長さで、先っちょに直径一センチにも満たない小さな球体がついた、謎の物体だった。球体の反対側にはそれこそ耳くそ程度の宝石が付いているだけに過ぎず、この店でいちばん安そうに思えたのだ。しかしなにに使うものだかわからない。そこでラン・リウ九〇％に訊ねたところだ。

「電話の回し棒よ」

「電話のどこを回すのですか」

「昔の電話はダイヤル式といってね。指を入れてジィィイコッ、ジィィイコッて回すんだけど」

「ああ、わかります」

「それを指で回さないで、この球のとこでまわすの。『ティファニーで朝食を』っていう映画はご存じ？」

「タイトルだけは」

「『ローマの休日』とおなじ女優が主演の映画でね。ティファニーに買い物にいっても十ドルしか持ってなくって、店員が六ドル七十五セントの電話の回し棒を勧める場面があるのよ。結局は買わないし、その回し棒もでてくるにしても、どんなものかイマイチわからなくて。でも私、その映画も好きだから、こんな感じのモノだったんじゃないかって考えてつくってみたの」

「これも六ドル七十五セントですか」

「純金でダイヤも付いているので、もう少しするけどね。ほんとにこれでいいの？　私としてはうれしいけど、もっと高いものはいくらでもあるのに」

「これでいいです」

ケースのむこうにいる店員に、広東語でなにやら言うと、ラン・リウ九〇%は大きめのバッグを開き、デコりにデコったスマートフォンを取りだす。画面をタップし、耳に押し当てると、やはり広東語で話をはじめる。やがてモナコを上目遣いでちらちら見るようになった。

「この上がここのオフィスでね。そこのミーティングルームで、いまからひとに会うんだけど」スマートフォンを切ってすぐに、ラン・リウ九〇%が言った。「あなた達いっしょにきてくれないかしら」

「とおっしゃいますと」いつの間にかダー子がモナコの隣にいた。「妹の心眼で、お会いになる方の過去なり未来なりを視ることになるのでしょうか」

「お願いできるかしら」

完璧だ。

なにが完璧かと言えば変装である。リチャードが変装の名人とは知っていた。だがよもや、ここまで別人になるとは思っていなかった。

金髪はカツラ、皺だらけの白い肌は合成樹脂、緑がかった青い目はカラーコンタクトにちがいない。にっと笑うと歯がすべて金歯だった。見るからに高級そうな、光沢のあるスーツを身にまとい、十本の指にはぜんぶ指輪を塡《は》めている。よく見れば、その指輪には一文字ずつ、宝石で文字が象られていた。右手は『L』『O』『V』『E』『&』、左手は『P』『E』『A』『C』『E』だ。どこからどう見ても小日向文世そっくりのリチャードには見えない。リチャード自身はロバート・ミッチャムに似せたと言っていたが、モナコはその俳優を知らなかった。

ラン・リウ九〇%がミーティングルームと言ったその部屋は六畳もない、ごく狭い部屋だった。膝までの高さのテーブルを挟んで、大きめのソファがふたつ、むきあってあるだけだ。窓はなく、その代わりでもなかろうが、額に入った水墨画が飾ってある。

リチャードはソファに座っていた。ひとりではない。隣に若い女性がいた。こちらはリチャードとは打って変わって黒で統一したシックないでたちではあるが、ショートボブの髪はピンク色だった。浅黒い肌は地なのか、メイクなのかは、モナコにもわからない。ダー子の知りあいで、過去に何度かいっしょに仕事をしたらしいが、モナコ自身、直接会うのはいまがはじめてだ。ダー子達は彼女を鈴木さんと呼ぶが、本名ではないだろう。

リチャードがどこかの国の言葉でなにか言った。ロシア語のはずだ。鈴木さんが広東語でラン・リウ九〇%に語りかけた。

「今日は日本語に訳してくださらない？　そのほうがあなたも楽でしょ」

「そちらのおふたりはどちら様ですか」

鈴木さんが改めて訊ねてくる。

「宮ノ守サクラ子さんとヒカル子さん。私が臨時で雇った個人秘書でね。ちょっとした力をお持ちなのよ。とくに妹のヒカル子さんは凄くて、場合によってはカメハメ波みたいなパワーを発することもできるそうよ」

おいおい。

鈴木さんは訝しげな顔つきで、リチャードに話す。これもきっとロシア語だ。

「ハッハッハッ」笑いながら、リチャードはカメハメ波のポーズを取ってみせた。

「ロシアでも『ドラゴンボール』は有名ですの？」

「え、いや、はい。どうでしょう」ラン・リウ九〇％の質問に鈴木さんは困り顔になる。リチャードが余計なアドリブをかましたからにちがいない。「社長は日本に何度となく足を運んでいますので、知っているのかもしれません」

「こちらの方はロシアから？」

ダー子がラン・リウ九〇％に訊いた。

「ロシアでも日本に近い共和国で、『ソラリス』というダイヤモンド製造の企業を経営しているロマン・コーネフさん。ロマーシャという愛称でお呼びしているわ」

「私は『ソラリス』の香港支部に勤めておりまして、アジア一帯を担当している前田敦《まえだあつ》子《こ》と申します」

「元アイドルの彼女と同姓同名なのよ」とラン・リウ九〇％が付け加える。

鈴木さんって、前田敦子と瓜二つだと、モナコはダー子から聞いていた。

だからって、それを偽名に使うのはどうかと思うぞ。

モナコは改めて鈴木さんを見る。変装のせいもあるだろうが、どこも前田敦子に似てなかった。

財閥系コングロマリット『射手座集団』の前総帥、つまりラン・リウの父親は本妻とのあいだに、子どもがいなかった。

一族で血筋がいちばん近いのは弟の息子達、前総帥にすれば甥っ子三人だった。そのうちのだれかに跡を継がせるつもりで、成人した三人にそれぞれ関連企業を一社まるまる任せ、競わせることにしたのだが、結果は散々だった。三人とも瞬く間に経営を悪化させてしまったのだ。総帥の器どころか、経営者としての才能が三人とも皆無に近かったのである。

このままでは『射手座集団』の存続自体が危うい。すると前総帥は事情があって他人に預けていた娘だと、十二歳の少女をどこからか連れてきた。本妻を納得させたうえで引き取ると、家庭教師を十数名雇い、あらゆる学問を学ばせ、十五歳からは自分の秘書として扱った。

その成果を見事に発揮し、娘は十八歳にして宝石の買付から製造まで一貫対応し、小売店の運営を行う会社を立ちあげ、二十歳のときには香港のジュエリー市場で一位を獲得した。氷姫伝説のはじまりである。

そしていましがた、電話の回し棒をプレゼントしてもらった宝飾店こそが、その会社の一号店なのだ。ここにラン・リウ本人が出入りしているという噂が数ヶ月前に流れ、ひとびとが押し寄せ、デモにまで発展したことがあった。日本でも大きく取り上げられ、某局のリポーターが、このデモの中継の最中、参加者達と殴りあいの喧嘩になり、よりいっそう注目された。夕方のニュースの生中継で、その一部始終が流れてしまったのだ。

結局、ラン・リウは人前にでてこなかった。そもそもこの店に出入りしていること自体、ただの噂に過ぎなかったのだとも、いまでは言われている。だがそれはだれもラン・リウの顔を知らないからではないだろうか。

なんにせよこの宝飾店が、十八歳のラン・リウが立ち上げた会社が運営しているのは事実だ。そこでダー子とモナコが宮ノ守姉妹に化けているあいだ、リチャードとボクちゃん、そして五十嵐の三人は、この店にエサを撒くことにした。

いったいどんなエサかといえば。

「ロマーシャさんの住む町にはダイヤモンドの鉱山があって、『ソラリス』ではいままでは採掘した原石を、宝石の材料や原料として国外に転売するだけだったのよ。だけど今度、現地に研磨《けんま》工場を設立してね。地域住民の雇用を増やして、国内の産業の活性化に繋げたいんですって。それで私に出資をしないかと話を持ちかけていらしたの」

ラン・リウ九〇％が滔々と話す、まさにこれこそがエサなのだ。

『ソラリス』は実在する。社長がロマン・コーネフというのも本当だ。ただしいま目の前にいるロマン・コーネフは本物ではない。リチャードが化けたニセモノである。『ソラリス』に〈前田敦子〉はいない。だいたい香港支部などないのだ。

「あなた方姉妹と会った日の翌日に事業提案書を頂いたのよ。それから前田さんには何度か足を運んでもらって、ロマーシャさんとはその度にスカイプで話をしていたわ」

キャリーバッグから豆助がでてきた。妙な顔つきで部屋中を見回してから、軽快な足取りで、リチャードに近づいていく。そして右の足首あたりをくんくん嗅ぐと、ぴょんと彼の膝上に飛び乗り、身体を丸めた。『MICHIKUSA KOWLOON』にいたときとおなじだ。どうやら豆助はリチャードだと気づいたらしい。

「ハッハッハッハ」ロマーシャに扮したリチャードは笑いながら、豆助の頭を撫でる。

「人懐っこいんですね、この犬」と〈前田敦子〉。

「っていうか、昔からの知り合いに懐いているみたいね」

これはラン・リウ九〇％だ。

「差し障りなければ、出資する金額を教えていただけませんか」

疑われては困ると思ったのか、ダー子が咄嗟に言った。

「十億香港ドル。日本円にして百四十億円ってところかしら。その分、ダイヤモンド原石の割当枠を獲得できることになっているの。まあ、三年もあれば元が取れる額なんだけど」

百四十億円を三年で稼ぐというのか。羨ましいとは思わない。想像がつかないからだ。

「我が妹の心眼を使う相手は、こちらの社長さんでしょうか」

「彼の過去と未来を視て。その結果次第で、資金援助をするかどうか決めようと思ってね。なんだったらどう？　リトルオーキッドとおなじように、ロマーシャさんに強い気をじゃんじゃか送って、ばんばか稼げるようにしちゃってくれないかしら」

「なんの話ですか」

〈前田敦子〉が不審そうに訊ねる。もちろんこの〈不審そう〉は演技だ。

「契約書を交わすに当たってその前にひとつ、簡単な儀式のようなものをしておきたいの。前田さん、悪いんだけど、ヒカル子さんと席を変わってくださらない？」

「それはかまいませんが、いったいなにを」

「たいそうなことじゃなくってよ。ロマーシャさんの手をヒカル子さんが握るだけ」

ヒカル子であるモナコは、ロマーシャに扮したリチャードの隣に座った。

なにすんの？

そう言いたげな顔で豆助がモナコを見上げる。

いいからこれ以上、邪魔しないで。

そう思いながらモナコはリチャードの両手を握った。目蓋を閉じて、軽く深呼吸をする。そして胸の内で十数えてから徐に言った。

「白……真っ白……寒い……なにも……ない町……集会が……開かれて……大勢のひとが……嘘つき呼ばわり……それでもヒゲの男が……説得をつづける……私は……ひとりでもいく…………町の未来の……ために……ひとりでも」

「前田さん、彼女の言葉を訳して、ロマーシャさんに教えてあげて」

「は、はい」〈前田敦子〉がラン・リウ九〇%に言われたとおりにしたところ、リチャードは驚きの声をあげた。

「ヒゲの男は父ではないかと。町の山奥にダイヤモンドが眠っているはずだ、みんなで見つけにいこうと集会で話したら、嘘つき呼ばわりされたそうです」

ロマーシャの父親は地元では英雄扱いで、ロシアでは伝記が三冊もでているだけでなく、十数年前に映画にもなっていた。いまではネット配信されており、つい先日、ダー子とふたりで見た。いまモナコが口にしたのは、その映画の一場面である。

「過去のことはいいわ。未来よ、未来。ロマーシャさんの未来を視てちょうだい」

なんだよ、もう。

ロマーシャの過去についても、ボクちゃんと五十嵐が調べあげてくれた。学校の成績はそこそこだったが、大学時代はレスリング部でオリンピック候補になりかけたことや、父が急死したため、二十代後半の若さで会社を引き継ぎ、危うく会社が人手に渡りかけたところを、自らの才覚で取り戻したこと、ロシアでも冬の最低気温はマイナス五十度が当たり前の町に住みながら、どういうわけだかエルヴィス・プレスリーが大好きで、彼の物真似が得意ということなどである。

これらをもとに〈ロマーシャ・過去編〉の台本を、ダー子とモナコでつくった。いまはまだ、そのプロローグで、これから先がまだまだあったのだ。みっちり練習してきたのに、それが披露できないのは惜しくてたまらない。しかしラン・リウ九〇％に急かすように言われては仕方がない。

「ひとびとが……踊っている………」モナコは〈ロマーシャ・未来編〉を語りだす。

「だれもが……楽しそう………よろこんでいる……赤、青、緑、ピンク、色とりどりの衣装を……身にまとい………手を繋いで……輪になって……踊っている……」

モナコはそこで一節、唄ってみせた。

「その歌、『ソラリス』のある町に先祖代々伝わる民謡ですよ。春先におこなわれる祭りでは、住民が揃って民族衣装を着て、その歌にあわせて踊ります」

〈前田敦子〉が言った。やや説明口調なのが気になるところだが、ラン・リウ九〇％の反応はどうだろう。できれば目蓋を開けて確認したいところを、モナコはぐっと堪えた。

民謡はユーチューブにアップされていたのを、耳だけでおぼえた、努力の賜物である。

「大きな建物が……できて……落成式……絶え間ない感謝の言葉…………」

「さきほどお話にでていた研磨工場のことかもしれませんね」

ダー子が補足するように言うのが聞こえる。それからモナコは低い声で、歌を唄った。

今度は民謡ではない。

「なに？」ラン・リウ九〇％が訝しげに言う。「なんであなたの妹さん、『ラヴ・ミー・テンダー』、唄っているの？」

「私にもわかりません」とダー子。

「しゃ、社長の十八番です」〈前田敦子〉だ。「カラオケバーにいくたびにこの歌を唄っていまして」

「ロシアの極北にある町にもカラオケバーがあるわけ？」

ラン・リウ九〇％の疑問はもっともだ。モナコもこの話を聞いたときに信じられなかった。

「その店だけではなく会社の行事でも必ず、挨拶代わりに披露します」

〈前田敦子〉がなおも言う。これは『ソラリス』の社員のブログに記してあったのを、ボクちゃんが見つけた情報だ。『ラヴ・ミー・テンダー』も英語がわからないモナコは耳で覚えるしかなかった。一流のコンフィデンスマンになるためには、あれこれ覚えなければならないことが多い。高校にいかなかったことを今更ながら悔やむ。

『ラヴ・ミー・テンダー』を唄いおえる。そして台本どおり、〈ロマーシャ・未来編〉をつづけようとしたができなかった。

「きゃんきゃん、きゃん」

豆助だ。まだリチャードの膝にいたのである。床を下りて走っていくのが、足音でわかった。

「バッグにお入り」

豆助はダー子に言われたとおりにしたらしい。それでもなお、くぅうんくぅうんと鳴く声がする。なにかに怯えているようだ。でもなににだろう。

すると今度はノックの音がした。

「どうぞぉ」ラン・リウ九〇%の返事で、ドアが開く。

「お待たせしました」

「思ったよりも早く着いたのね、ジェシー」

ジェジェジェジェ、ジェシー？

9

我慢し切れずモナコは目を開いてしまった。

そこに三浦春馬がいた。ちがう。

三浦春馬そっくりのジェシーだ。

黒のポロシャツにグレーのパーカー、白い七分丈のパンツに白いスウェードシューズ、黒いショルダーバッグを肩にかけ、どでかい旅行バッグを引き摺っていた。まるで留学先から帰国した学生のようだ。

「国際空港からタクシーを飛ばしてきたんですよ。いやあ、間に合ってよかった」

「こちらの方はどなたですか」

訊ねたのはダー子だ。ジェシーを睨みつける。いや、これはガンを飛ばしているといったほうが正しいだろう。敵意むきだしだ。自分がサクラ子であることを忘れているのかもしれない。

「ＩＲＣ、インターナショナル・リサーチ・カンパニーという会社で海外の企業調査を主におこなっておりまして、仕事柄、本名は申し上げられないのですが、ジェシーとお呼びください。よろしくお願いします」

旅行バッグを部屋の角に置いてから、ジェシーは自己紹介をしつつ、ぺこりと頭を下げる。

「『ソラリス』さんについて、現地まで足を運んで、調べていただきましたの」

「なかなか大変でした」ジェシーはモナコの隣にどすんと腰をおろす。そしてショルダーバッグを肩から外し、足元に置いた。「香港との直行便がないんで、成田《なりた》経由で、待ち時間も含めると半日、むこうの空港から『ソラリス』本社がある町までさらに電車を乗り継いで、二時間半かかりました。だけどこれが冬だったら、雪に閉ざされてしまうので、さらに倍はかかると現地の方に言われましたよ」

「我が社を調べるなんて一言もおっしゃっていませんでしたよね」

〈前田敦子〉が言った。声が擦れている。

「あなたの会社を調べますって、わざわざ言う必要ある？」

その返事に〈前田敦子〉は二の句を継げずにいた。格がちがいすぎる。ラン・リウ九〇％のほうが二枚も三枚も役者が上なのだ。とても太刀打ちできそうにない。

「くぅうん、くぅうん」

「犬の鳴き声がしましたが」

「こちらの姉妹の飼い犬よ。あなたがくる前にキャリーバッグの中に隠れちゃったの」

「そうですか。はは。嫌われちゃったかな」

「彼女達の話はこないだ、したでしょう？」

「宮ノ守姉妹ですよね。そちらがお姉さんのサクラ子さんで、こちらが妹のヒカル子さんでしょう？　お目にかかれて光栄です。犬の名前も伺ったんだが、ヨネスケでしたか」

「豆助です」ダー子が短く言った。

「そうでした。はは。ヒカル子さんの心眼とやらで、ロマーシャさんを視てもらっていました？」

「そこをあなたが邪魔をして」とダー子。

「ちょうど、おわったところ」これはラン・リウ九〇％だ。

声がぴったり揃ったふたりが顔を見合わせる。

「どっちですかね」

ジェシーは足元に置いたショルダーバッグを開き、タブレットを取りだしている。

「ひとまずおわりでいいかしら？　まだなにかあれば、つづきをやってもらうけど」

「わかりました」ダー子は素直に引き下がる。この場はそうするしかあるまい。

「それじゃ、ぼくの報告をはじめさせてもらいましょうか」

ジェシーはタブレットをテーブルに置く。その画面には彼自身の写真がでてきた。ステンカラーコートを羽織って、インナーは白シャツに細身の黒パンだ。イイ男はなにを着ても絵になるものだと、余計な感心をしてしまう。

でもなんのため？

「やはりダイヤモンドの町だけあって、けっこう発展していたのには驚きました」

なるほど、見るべきはジェシーの背後にある町並みだったわけだ。見た目は日本の地方都市とそう変わらない。ただし看板その他の文字が日本語どころか、英語でもなかった。きっとロシア語にちがいない。

「『ソラリス』さんの本社もとても立派だった」

ジェシーが画面をスクロールすると、つぎにあらわれたのは、ガラス張りの近代的なビルだった。その玄関前にジェシーが、ポーズを決めている。ポーズを決める必要があるのかどうかさておきだ。

「私どもの本社にいってきたんですか」

〈前田敦子〉が甲高い声で言った。驚きを隠せなかったのだ。モナコはモナコで、胃がきりきりと痛んできた。ダー子からもらった正露丸を持参しているが、まさかここで飲むわけにはいかない。

「はい」

ジェシーは潑剌《はつらつ》と答えて、にっこり笑う。きれいに揃った白い歯が見えた。どこかべつの場所、おなじ香港でも高層ビルの上で百万ドルの夜景を見下ろすことができるバーでふたりきりであれば、この笑顔も、歯の白さも堪能できるだろうが、いまはそれどころではない。

ロマーシャことリチャードがロシア語でなにか言った。〈前田敦子〉は擦れた声のまま、ロシア語で説明調に答える。リチャードは表情を変えずに、こくこくと頷くのみだ。

「先週末にアポイントを取って、明けて月曜に伺ってきました。本社の中もゴージャスだったなぁ。見てくださいよ。入っていきなりエントランスに、こんなでっかいダイヤモンドの原石が飾ってあったんですよ。凄くないですか」

タブレットにその写真があらわれる。ガラスケースに入った原石を両手で指差して、にっこり笑うジェシーもいっしょだ。

「ひとつだけ質問していいかしら?」ラン・リウ九〇%が口を挟んだ。「どの写真も必ずあなたがいるけど、でもこれ、自撮りじゃないわよね。だれに撮ってもらっているの?」

「だれって、そのへんを歩いているひとに頼んで撮ってもらうんですよ。女性に頼めば、必ず引き受けてくれます。これはこの国にかぎらず、どこでもそうですが」

三浦春馬に頼まれれば、どんな女性だってそれくらいするよな。

「あっ、でも原石とぼくを撮ってくださったのは、渉外担当のアレクサンドルさんという方でして」ジェシーがスクロールするとずんぐりむっくりのオジサンがでてきた。「彼の案内で、本社から車で鉱山へむかったのですが、これが凄かった。ネットなどで下調べはしていたのですが、聞きしに勝るとはまさにこのことでして。どうぞご覧ください」

またジェシーの写真だ。その背後に擂り鉢状の穴があった。

「直径が一キロ以上、深さ五百メートル以上の巨大な露天掘りによってできた穴です。どうです、この穴。遠くからでも見ているだけで吸い込まれていくような気持ちになって、ぞっとしましたよ。ぼくがそう思ったのも、あながち間違いではありませんでね。この穴は上空に下降気流ができるほど巨大で、事故が起きないよう、ヘリコプターでの飛行は禁止されているそうです。露天掘りは二十年近く前におえ、いまは地下にある坑道で採鉱が引きつづきおこなわれておりまして」

巨大な穴の写真が何枚かつづいたあと、ライトが付いたヘルメットを被ったジェシーがあらわれた。緑色の繋ぎの作業着を着て、ごつい手袋もしている。おなじ恰好をしたひと達も何人かいっしょだ。

「こうして坑道にもいきましたよ。エレベーターでどんどん下りていったときは、このまま帰ってこれないんじゃないかって、ビビったくらいです。なにせ海抜マイナス五百五十メートルですからね。ネットでちょっと調べてみたところ、東京の地下鉄でいちばん深いところでも海抜マイナス三十メートルくらいなので、どれくらい深いかおわかりでしょう？　しかも数年前、その坑道で浸水事故が発生して、何名だか死者がでたそうで、生きた心地がしませんでした」

たしかに坑道にいるジェシーは、どの写真も少し顔が強張っていた。

「さてここで掘られた鉱石は地上に運ばれ、繰り返し粉砕され、小さな粒になります。これが選鉱工場にあった粉砕機で、こちらがX線選鉱機です。ダイヤモンドはX線を当てると蛍光を発する性質がありますから、これで見分けて、ダイヤモンドだけを回収するわけで。おっと失敬。世界各国に百三十八店舗もの宝飾店をお持ちのあなたにこんな説明をするなんて、釈迦《しゃか》に説法ですよね。話を先に進めましょう。この選鉱工場の真横に、広大な敷地が広がっておりまして、これこそが今回、あなたが出資を依頼された研磨工場の建設予定です」

タブレットの画面の中では、なにもないその土地で、夕陽をバックに決め顔をするジェシーがいた。いい加減にしろと思わないでもないが、絵になっていて、危うく見蕩れるほどだった。

「事業提案書の内容は本物だったのね」

ラン・リウ九〇%がおごそかに言う。

「一ミリも嘘はありません。鉱山から帰ってから、夜の町にでて、商店街やカフェ、居酒屋などを巡って、『ソラリス』の評判を訊いて歩いたのですが、すこぶる評判がよかった」その写真もあった。気になるのは聞き取りをした相手がぜんぶ女性ということだ。中にはジェシーと肩や腕を組んで、必要以上に密着しているものまであった。「研磨工場ができるのを、みんな待ち望んでいる様子でした。ただ」

「ただ？」ダー子が言った。思わず口にしてしまったらしい。

「社長のことなのですが」

みんなの視線が一斉にロマーシャに化けたリチャードに集まる。

「社長がなにか」

そう訊ねる〈前田敦子〉は、顔色を失っていた。

ニセモノだとバレた？

いまにもジェシーがリチャードに摑みかかって、カツラや合成樹脂をひんむいてしまうのではないかと、モナコは心配を通り越して不安にかられ、胃の痛みがキリキリと激しくなる。

「ファッションセンスがダサい。町の笑い者になっているのが、なぜわからない。仕事はできるし、人柄もいいのに、あのギンギラギンな格好のせいで台無しだ。虫酸《むしず》が走る。不愉快だ。キモイ。やめるべきだ。それとそうそう、プレスリーの歌を人前で唄うのは勘弁願いたい。聞くに堪えない。音痴にもほどがある。唄うならせめてカラオケバーだけにしてくれ。人前で唄うのは犯罪に近い。ウチの子は調子が悪くなって三日間寝込んだ。本当にプレスリーが好きならばやめるべきだ。あれはプレスリーに対する冒瀆《ぼうとく》以外のなにものでもない。このへんでやめておきましょうか。はは。これ、通訳しなくていいですからね。はは。ここでヘソを曲げられて、契約を破棄されたら困るんで」

「それだけ？」これまたダー子である。

「これだけでじゅうぶんじゃないですか」

ジェシーは欧米人のように肩をすくめた。様になっている。かっこいいくらいだ。

「事業提案書とおなじく、こちらにいらっしゃる社長さんも、本物なわけね」

ラン・リウ九〇％がジェシーに念を押す。

「間違いなく本物でしょう。なにしろ今日のお召し物もヒドい。聞きしに勝るセンスの悪さだ。はは。あ、これも通訳しないでくださいね。ナイショです、ナイショ」

ジェシーが自分の口に人差し指を縦に当てて、ウインクすると、〈前田敦子〉は顔をしかめた。

ダー子が意外そうな表情で、ジェシーを見ている。拍子抜けをしたようでもあった。だがそれも一瞬で、すぐにきりりと顔を引き締めた。

ラン・リウ九〇%が、リチャードが化けたロマーシャに話しかけた。広東語や日本語ではない。英語でもなかった。

「ロシア語、できたんですか」〈前田敦子〉が目をまん丸に見開く。

「日常会話程度はわかるわ。前田さんのロシア語はちょっとヒドいわね。もっと勉強なさったほうがいいわ」

「え、あ、はい。すみません。そ、それであの、契約のほうはいつ」

「明日に重役達とのミーティングがあるので、この件を承認してもらうわ。それから弁護団や保険会社その他を交えて契約書の作成に取りかかって、三ヶ月先になるかしら」

「我々としましては、一日でも早く、工場の建設に着工したいのですが」

「先にお金がほしいってことかしら」

「できましたら」

「そうねぇ」

「全額は無理でも手付金として五分の一、せめて十分の一だけでも」

「一億香港ドルかぁ。それでも一括で払うとしたら、半月はかかるわね。なにしろウチの組織は大きくなりすぎて、どんな些細なことでも、個人では易々と決裁はできないのよ」

〈前田敦子〉がロシア語でリチャードに話す。ラン・リウ九〇%が〈ちょっとヒドい〉と指摘したが、モナコにはどこがどうヒドいのか、わからなかった。

「社長はそれでもかまわないと申しております」

「だったら二週間後の金曜に一億香港ドル、振り込むようにするわ」

「ありがとうございます」

そのあとロマーシャと〈前田敦子〉がペコペコ頭を下げながら、部屋をでていく。

「あなた達もご苦労様。ふたりはまだ香港にいるのよね。またなにかあればお願いするわ」

つまりはもう帰れというわけか。そんなラン・リウ九〇%に異を唱えるようにジェシーが言った。

「せっかくだからふたりも食事に誘ったらどう？　ロシアの土産話、聞かせてあげるよ。きみ達姉妹のことも興味深いし」

「けっこうです」ダー子があっさり断ると、すっくと立ち上がった。「いきましょう、我が妹」

「なんで？　どうしてよりにもよってジェシーがあそこにあらわれたんだ？」

ノートパソコンの画面いっぱいにリチャードの顔があった。もうロマーシャではない。小日向文世そっくりの素顔である。ラン・リウ九〇％の宝飾店をでてから、二時間が経つ。

ダー子とモナコはその帰り道に夕飯を食べて、安宿の狭い部屋に戻ってきてすぐに、『MICHIKUSA KOWLOON』にいるリチャードとスカイプで会話をはじめたところなのだ。

「知らないわよ」ダー子が不服そうに答える。

「しかもジェシーのヤツ、我々のオサカナとめちゃくちゃイイ仲になってたじゃないか」

「イイ仲かどうかはわからないでしょ」

「わかるよ」リチャードが声を荒立てる。「オサカナがジェシーを見る目、ハートのカタチをしてたろうが。ありゃもう、すっかり骨抜きにされてしまった証拠だ」

ハートのカタチをしていたかどうかはさておき、ラン・リウ九〇%が終始、ジェシーを見ていたのはたしかだ。いまごろはふたりで甘い時間を過ごしているにちがいない。

「どんなヤツなんだ、ずずず、そのジェシーって男は」

五十嵐が言うのが聞こえた。リチャードの背後にいるのだろう。

「若くてセクシーでカワイくて、ずずず」この声は〈前田敦子〉こと鈴木さんだ。ふたりでどうやら揖保乃糸を啜っているようだ。「なんていうか、スタア?」

「スタア?」これはボクちゃんだ。彼の姿も見えない。

「俺よりイケメンか?」と五十嵐。

「瞬殺」鈴木さんが即答する。「ボクちゃんならまだ勝てる可能性はあります」

「若くはない」リチャードがふりむいて、背後にいるボクちゃん達に言った。「私が二十代の頃、はじめてジェシーと会ったときもああだった」

「三十年近く、歳を取っていないってことですか」

ボクちゃんが訝しそうに言う。

「それよりもさらに遡ること四十年以上前、戦後間もなくにジェシーと組んで仕事をしたことがある詐欺師仲間の先輩がいてな。彼の話だとその頃もおなじ風貌だったそうだ」

「七十年以上も若いままだって言うんですか」ボクちゃんは鼻で笑った。「吸血鬼じゃあるまいし。莫迦莫迦しい」

その話を聞きながら、モナコはオスカー・ワイルドの『ドリアン・グレイの肖像』を思いだした。主人公のドリアンこそが歳をとらない若者なのだ。その身代わりのように、彼の肖像画が醜く老けていくのである。でもこれとて、吸血鬼とおなじくフィクションにすぎない。

「なんにせよだ」リチャードはダー子とモナコのほうに顔をむけた。「わからんのは私達の邪魔にきたんじゃないってことだ。むしろジェシーのおかげで私達はよりいっそうオサカナに信頼される結果になってしまった。二週間後には一億香港ドル、日本円に換算して十四億円が手に入る」

契約書を作成するのに時間がかかる。そのあいだにニセモノだとバレたら元も子もない。そこで手付金として出資額の十分の一をもらって、ドロンしてしまうのが、はじめからの計画だったのだ。百四十億円を三年で稼げるのだから、十四億円なんて三、四ヶ月で穴が埋まるにちがいない。

少し当てが外れたのは、それでも二週間かかってしまうことである。それまで宮ノ守姉妹はドロンできないので、演じつづけねばならないわけだ。

「なんでジェシーがあんな真似をしたのか、さっぱりわからん」リチャードが首を傾げる。「いくらダー子が元カノだからって、詐欺師が詐欺師の手助けをするか?」

「元カノなんかじゃないわ」

ダー子が鼻息を荒くした。リチャードがその場にいれば、胸倉を摑んでいたかもしれない。

「恋人同士の設定で、ニューヨークで仕事をしたことがあるってだけ。だれがあんな恋愛詐欺しか能がないタダの女たらしとつきあうもんですか」

「だったらどうして?」

「ぼくが緑色の恰好をしてぶつかりかけたあの車をジェシーが尾行していた。偶然あの場に居合わせたとは考えにくいものね」ボクちゃんの声がする。「あのときからジェシーはオサカナがラン・リウの可能性があるとわかっていたわけだ」

「そのほぼ二週間後、三日前の火曜、ジェシーは彼女が開催する読書会に参加していたわ」

「たったの二週間で」とボクちゃん。

「二週間もあればジェシーにはじゅうぶんだ」リチャードがしたり顔で言う。「アイツが気難しいことで有名なハリウッド女優と二言三言、言葉を交わしただけで、その日のディナーを約束したのを目の当たりにしたことがある。それこそ私が二十代の頃さ。翌日には彼女のお気に入りのダイヤを持ってきた。一晩共にしたお礼に、プレゼントしてもらったと言っていたが、黙って持ってきたのかもしれない。だけど彼は捕まりもせず、訴えられもしなかった」

「ダイヤ」ダー子がぱちんと指を鳴らした。「そいたいっ。そーにちのいなかっ」

「どうした、いきなり博多弁で」とリチャード。

「ジェシーが狙っているのはパープルダイヤよ」

「なるほど」リチャードの顔が画面いっぱいになる。身を乗りだしてパソコンに顔を近づけてきたせいだ。「いままでのヤツの手口から考えるに、大いにあり得るぞ。アイツは女たらしなだけじゃなくて、ブラックマーケットにも通じているからな。ハリウッド女優のダイヤも三日もしないうちに金に換えていた。あれはたしか十億円を下らなかったはずだ」

「いや、でもさ。だったらさっさとパープルダイヤを手に入れて、トンズラしちゃえばいいだろ」ボクちゃんの顔がリチャードの横にでてきた。「なんで二週間もかかってるんだ。しかも読書会に参加したり、調査員に化けてロシアまでいったりしてるわけ？」

「パープルダイヤがまだ見つかっていないんじゃ」

「そいちゃ、そい、モナコ冴えとるばい」

ふたたび博多弁で言うと、ダー子はモナコの頭を激しく撫でた。おかげで髪がぐしゃぐしゃになってしまう。

結局のところ、ダー子とモナコもいまだラン・リウ九〇%がパープルダイヤを身につけているところを見たことがない。ただしナポレオンは懐に隠していたらしいので、彼女も人目につかないよう持ち歩いているのか、あるいはハナからそんな話を信じておらず、たとえば銀行の貸金庫にでも保管しているのかもしれない。なにせ数百億円の代物である。

「ってことはだよ。私達を手助けしたのは」とリチャード。

「私達に助けを求めるためってことよ」とダー子。

「だからってジェシーを助けやしないよな」とボクちゃん。「いいか、みんな。ひとを愛する気持ちっていうのは、この世でいちばん貴いものだ。それを利用してダマすなんて、やるべきじゃないっ。欲望につけこんで金をダマし取る、法もモラルも関係ない、そんな最低な人間がぼくらだ。でも最低の人間でもやっちゃいけないことがある。愛を玩《もてあそ》ぶことだよ」

かっこいいなぁ。熱弁を振るうボクちゃんにモナコは思わず見蕩れてしまう。

「たしかに恋愛詐欺は我々の流儀じゃないよ、ダー子さん」リチャードが諭すように言った。「それを糧にしているジェシーを助けるような真似はしない」

「パープルダイヤは十数年前、ブラックマーケットで数百億円の高値で取引されたんですよね」モナコは自分の役目を思いだし、慌てて切りだした。「ジェシーが助けを求めてきたら、その分け前をもらうことを条件にしたらどうですか」

ダー子がモナコの顔をマジマジと見た。モニター越しにリチャードとボクちゃんもである。パソコンからは、五十嵐と鈴木さんが揖保乃糸を啜る、ずずずという音だけが聞こえてきた。

やがてダー子がにんまりと笑い、こう言った。

「お主も悪よのぉぅ」

10

翌朝、朝食を食べにでようとすると、ダー子がフロントの女性に呼び止められ、小さな封書を渡された。薄いピンク色で、中身は名刺サイズのカードが一枚きり、そこに携帯のと思しき電話番号が記されているだけだった。

「なんですの、お姉様」

モナコが不審に思って訊ねたところだ。ダー子は答えずにそのカードを鼻先に寄せた。くんくんと匂いを嗅いでいる。そして眉間《みけん》に皺を寄せ、吐き捨てるようにこう言った。

「あいかわらず香水の趣味が最悪」

隣にいると、その香りが微かに漂ってきた。おなじ匂いをモナコは昨日、嗅いでいる。ジェシーの香水だ。少しキツめだが、ダー子が言うように最悪ではない。

「このカード、ジェシーが？」

「昨日の夜遅く持ってきたらしいわ」

「あたしとダー子さんがここにいるの、なんでバレたんです？」

「アイツ、ああ見えて尾行が得意なのよ」

「きゃんきゃんきゃんっ。きゃん」

どうしたんです？　散歩いかないんですか。いきましょうよ。早く早く。

足元で豆助が吠える。リードを付けて朝食の行き帰りに散歩させるつもりだったのだ。

「ちょっと待ってね、豆助。すぐ済むわ」

ダー子はスマートフォンを取りだし、カードを見ながら、画面をタップしてから水平に持った。呼びだし音がする。モナコにも聞こえるよう、通話をスピーカーにしたのだ。

「きみから電話をもらうなんて何年ぶりかな」

三回半の呼びだし音のあと、聞こえてきたのは間違いなく、ジェシーの声だった。

「ニューヨーク以来だからかれこれ」

「私になんの用？」ジェシーの言葉をダー子が遮った。

「きみに会って話したいことがあるんだ」

ダー子とモナコは顔を見合わせる。

「どうだろ、今夜あたり香港の夜景を見下ろすバーで」

「いますぐ会えないかしら」

「いますぐ？　どこで？」

「街中は避けたほうがいいわね。私とあなたが会っているのを、彼女に知られたら厄介でしょう？」

「おっしゃるとおりだ。だったらどこがいい？」

「Don't think! Feel.」

どうしていきなり英語？

「なに？　なんだって？」ダー子の返事にモナコとおなじく、ジェシーも戸惑っていた。

「忘れちゃったの」

「な、なにをだい」

「ニューヨークで過ごしたときの遊びよ」

「あっ」ジェシーは思いだしたようだ。「すまんが、もういっぺん言ってくれないか」

「ドント・シンク！　フィィィィル」

さきほどよりもはっきりゆっくりとダー子は言った。

「いっしょに見た映画か」

「テレビでやっているのを偶々ね。あなたは主人公の真似してみせてもくれた」

「ぼくが？」

「ルールは昔どおり。いまから一時間後。よぉぉい、スタートッ」

「おい、待って」

ジェシーはまだなにか言いかけていたが、ダー子は電話を切ってしまった。

「アイツのほうからコンタクトしてくるとはね。なくはないとは思ってたけど、それにしたって早かったわ。昨日の今日だもんね」

ダー子は唄うように言った。それだけご機嫌なのだ。

「さっきのあれ、なんです？」

モナコはカヤトーストを食べながら訊ねた。ふたりが朝食を食べに入ったのは、香港にいながらもシンガポールの定番料理が食べられるという店だ。

いまの宿泊先の一階はインド料理屋をはじめ、香辛料をふんだんに使った料理の店で溢れ返っていた。最初のうちこそ珍しがって何店舗か巡ったものの、数日で飽きただけでなく、身体ぜんたいからスパイシーな匂いが漂うようになり、ここ最近は表で食事をしている。

今朝はこの店を選んだ。モナコが食べているのは、ココナッツミルクのジャムとバターをトーストで挟んだものである。これに紅茶と半熟卵のセットだ。ダー子のは中身はおなじだが、パンはトーストではなく、セイロで蒸したものだった。店のつくりは今風でカフェのチェーン店のようだ。そのテラス席におり、豆助はテーブルの下でおとなしくしている。

「さっきのあれって？」

「Don't think! Feel. って言って、あれでジェシーは行き先がわかったわけですか」

「たぶんね。ネットで検索すれば一発のはずよ。彼がどこにいたかはわかんないけど、いま頃はもうむかっているんじゃないかな」

「考えるな、感じろ」モナコは言った。「『燃えよドラゴン』の冒頭、ブルース・リーが弟子にむかって言う台詞ですよね」

「知ってるんだ、我が妹」ダー子は意外そうに言う。「見たことあるの？　あの映画」

「ええ、まあ」

一時期、アクションスターを目指す男とつきあっていたことがある。頭はよくなくて、お金を全然持っていなかったけど、歴代の男達の中ではいちばんまともだった。彼はブルース・リーをはじめ、ジャッキー・チェンやドニー・イェンなどの映画をＤＶＤで繰り返し見ていたのだ。

「ニューヨークで過ごしたときの遊びとも、おっしゃってましたけど、どんな遊びです？」

「まずは映画の台詞を言うわけ。でね。その台詞がでてきた場面のロケ地を探しだして一時間以内にむかうの。ただそれだけ。ニューヨークはそこかしこで映画を撮影しているから、ネタには困らなかったわ。たとえばそうね、『めぐり逢えたら』っていう映画で、メグ・ライアンがロックフェラープラザの最上階で婚約者と食事をしていると、エンパイアステートビルのライトアップが、赤いハートのカタチに点灯するの。それを見たメグ・ライアンがThis is a sign.と言って、婚約者から去って、エンパイアステートビルにいるトム・ハンクスのところにいくわけ。でね。私がそのThis is a sign.を言ったことがあるんだけど、ジェシーったら、ロックフェラープラザじゃなくて、エンパイアステートビルのほうへいっちゃったことがあったんだ」

そう話すダー子はどこかうれしそうだった。思い出に浸っているようにすら見える。

恋人同士の設定で、ニューヨークで仕事をしたことがあるってだけ。だれがあんな恋愛詐欺しか能がないタダの女たらしとつきあうもんですか。

昨日はそう否定していたが、本当はどうなのだろう。

ダー子さんは密かに『スタア』と呼んでいた。乙女のように目を潤ませてね。

いつだかリチャードがそう言っていたが、ジェシーこそがスタアなのかもしれない。

「それじゃあ、Don't think! Feel. って、ブルース・リーが言ったロケ地が香港にどこかにあるんですね」

「そのとおり。私達もそろそろいきましょうか」

これまでの香港は、どこもかしこもビルだらけで、その隙間を行き来していたようなものだった。孔海東？に書を教わった公園にしても、たしかに広くて緑もたくさんあったが、どこへいっても、必ずひとがいた。

しかしダー子と共に、タクシーを飛ばして辿り着いたその場所はまるでちがった。それまでいた都会の喧噪が嘘のように、静まり返っていたのである。ひととも滅多に出会《でくわ》さないほどだ。

標高が高く、雨後のタケノコのごとく並んだ高層ビルを一望することができた。陽が沈めば、それこそ百万ドルの夜景が拝めるかもしれない。

目にも鮮やかな黄色い門に出迎えられ、中に入っていくと、お寺っぽい建物があった。ただし日本のとはちがい、だいぶ派手めだ。色とりどりで、龍やら象やらの彫り物で飾られている。

できればスマートフォンで撮りたいところだが、そんな余裕はなかった。ダー子が目もくれずにずんずん進んでいってしまうのだ。タクシーの中では、キャリーバッグで静かだった豆助は、そのあとを追っていく。都会で散歩しているよりも楽しそうだ。

「ここが『燃えよドラゴン』のロケ地なんですか」

「そうよ。でもDon't think! Feel. って言ったのはもっと先」

ほとんど山道で、けっこうな坂をのぼっていかねばならなかった。登山とまでいかずとも、ちょっとしたハイキングだ。

六根清浄、六根清浄。

坂だらけのあの町を歩いたときのように、いつしかモナコは呟いていた。次第にダー子の足が重くなり、ぜいぜいと肩で息をしている。はじめに飛ばしすぎたのだ。

「我が妹よ」遂にダー子が立ち止まった。「うしろから押してちょうだい」

このあいだ、そう言ったら、オバサン扱いしてるって怒ったのに。

でもそうは敢えて言わずに、モナコはダー子の腰のあたりに手を添え、坂をのぼっていく。

「アチョォォォオ」

突然、奇声が聞こえてきた。だれかがブルース・リーを真似ているにちがいない。

「きゃんっ、きゃんきゃん」

先陣を切っていた豆助が引き返し、モナコのうしろに身を隠した。怯えているのだ。

「ちょっとすみません」

ダー子から手を放して、豆助をキャリーバッグに入れてあげる。

「アイヤァアァアア」

またブルース・リーだ。ダー子がその声に導かれるように歩きだす。やがて人影が見えてきた。

ジェシーだ。彼ひとりではない。三人の若い女性といっしょだった。彼女達の前で、ジェシーはブルース・リーの真似をしていたのだ。ヌンチャクこそ持っていないが、手足を中国武術っぽく動かしている。そんな彼のうしろに本物のブルース・リーと十代と思しき少年がいた。どちらもモノクロ写真の立体パネルだ。まさしくブルース・リーはこの少年に「Don't think! Feel.」と教えを説いている場面だ。

「アチョォォォオオッ」

三人の女性は大はしゃぎだ。ジェシーは両手をあわせてお辞儀をしてから、ひとりずつハグをした。その最中にジェシーはダー子とモナコに気づいた。

「いまの三人はただの観光客だよ」

ジェシーの口ぶりは言い訳めいていたものの、爽やかで気品のある笑みを浮かべている。黄色いジャケットに赤いシャツに赤いネクタイ、そしてアメコミ風のコマ割された漫画をプリントしたパンツを穿いていた。売れない芸人が少しでも目立とうとして誂《あつら》えた衣装みたいだが、恐るべきことにジェシーはそれすらも見事に着こなしていた。

「ここできみを待っていたら、声をかけられてね。はるばるシドニーから観光にきたんだって」

「なんでブルース・リーの真似をしてたの？」とダー子。

ふたりが並んで歩くうしろを、モナコはくっついていく。坂を下っているので、ダー子を押す必要はなかった。

「女性を喜ばせるのが、ぼくの生き甲斐だからさ。昔、きみも喜んでいたじゃないか。なんだったら、きみのためにやってみせてあげてもいい」

ジェシーはその場に立ち止まり、それっぽいポーズをとってみせた。

「最後にハグしたとき、真ん中の子のジャケットのポケットに、携帯の番号を書いたカードを入れたでしょ」

「まいったなぁ」ジェシーはポーズをやめ、照れ臭そうに笑った。「よくわかったね。きみには隠し事ができないよ」

そんなことをしていたのか。モナコはまるで気づかなかった。たぶん友達ふたりもわからなかっただろう。

「オサカナに罠を仕掛けている最中に、つまらないつまみ食いしてたら、痛い目にあうわよ。ニューヨークでも似たようなしくじりしでかして、でっかいオサカナを逃したこと、忘れちゃったの？」

「忘れてなんかないさ。あんときはきみに迷惑をかけて、ほんとに申し訳ないと思ってる」

最後まで聞かずに、ダー子はそそくさと坂をおりていく。遅れまいとモナコも足を早めた。

「なかなか似合ってるよね、その髪型」

あとを追って、ダー子の隣に辿り着くと、ジェシーが言った。カレシがカノジョをからかうときの口調だ。それでもダー子は甘い顔をせずに、こう訊ねた。

「いつから香港にいるの」

「一ヶ月ほど前だよ。競馬場にラン・リウらしき女性があらわれ、いつも決まった席で観戦しているという情報を得たんだ」

「どこから？」

「やだな、そんなの言えるはずないでしょ。蛇の道は蛇ってヤツだよ。そこでぼくはその女性とお近づきになろうと競馬場にいくと、きみがいたんでビックリしたよ。しかもおなじオサカナを狙っているもんだからさ。ここはひとつ様子を見ようと、その場での接触をあきらめて、競馬場をでたオサカナを尾行したんだ。するとその途中、彼女の車の前にバイクが飛びだしてきてね。車体に突っ込んで、大事故になるところを、ギリギリでハンドルを切っていた。称賛に値するほどの見事なテクニックだったよ。あれって、きみの仲間のボクちゃんじゃない？　きみとリチャードとボクちゃん。この三人でつぎからつぎへとパターンを変えて、愉快な釣り方をしているそうじゃないか。業界じゃちょっとした話題になってるぜ」

ダー子はその質問に答えず、「尾行は成功したのね」と切り返した。

「そりゃもちろん。ぼくが尾行を得意だって、忘れちゃいないだろ。着いた先は海辺に建つ高層マンションだった。そのまま張っていたんだが、でてきたのは三日後でね。おなじ車が迎えにきて、むかった先があのブックカフェだった。彼女が店主と話しているのを聞いて、読書会を開いていることがわかった。そこで店のフェイスブックから申し込んだ」

「オスカー・ワイルドはお得意ですものね」

「覚えていてくれたのかい。うれしいなぁ」

ジェシーはほんとにうれしそうに笑う。この笑顔に何人もの女がダマされたにちがいない。

氷姫さえも。

「読書会に参加しているうちに、財閥を守るために心を氷のように閉ざした孤独な人間というのが、彼女の一面でしかないとわかったんだ。ではほんとに欲しがっているものはなにか。愛だよ、愛。彼女の渇き切った心に、ぼくは愛を注いであげたんだ」

「あなたのは偽りの愛でしょ」

「でも愛は愛だ」

ダー子は言い返さなかった。言い返せなかったのだ。ラン・リウ九〇%がジェシーの愛に満たされているのは、たしかだからかもしれない。

「あ、あれだ、あれ」

なにを見つけたのか、ジェシーは小走りで駆け寄る。むかう先には鉄格子に囲まれ、なにかが展示されていた。

「本物かなぁ」先に辿り着いたジェシーが首を傾げている。そこにあったのは円柱の石で、『骨』『龍』の二文字が赤く刻まれていた。

「なにこれ?」ダー子は呆れ顔だ。

「書いてあるとおりだよ。龍の骨。ここにきたら見ようと思って、楽しみにしてたんだけどなぁ。きみ、これって本物だと思う?」

「本物に直で龍の骨とは書かないんじゃない?」ダー子が冷ややかに言う。

「そりゃそうだよね。期待してたのになぁ。デンマークで人魚姫の像を見たときとおんなじくらいがっかりだよ。でもまあ、しょうがないか。悪いんだけどさ」ジェシーはダー子にスマートフォンを差しだす。「龍の骨とぼくをいっしょに撮ってくんない?」

「嫌」ダー子はあっさり断る。

「なんだよ、つれないなぁ。それじゃ、きみ、お願いできる?」

そのくらいならとモナコはスマートフォンを受け取り、ジェシーにむけて構える。

「前髪、垂れてない?」「垂れてません」「陽射し、ぼくにちゃんと当たってる?」「当たってます」「襟とか折れてないよね」「だいじょうぶです」「カメラ目線よりも、少し外したほうがいいよね」「はい」「ごめん、右からより左からのほうがイイんだよね」「うっせぇな」

思わずモナコは口にだしてしまう。ジェシーは目をぱちくりさせ、ダー子はクスクスと笑っていた。


「それにしても」龍の骨をあとにしてからすぐに、ジェシーが言った。「世界一のコンフィデンスマンだときみが賞賛されているのを聞く度に、元カレとしては鼻が高いよ」

「あなたとつきあっていた覚えはないわ」

「そう? おかしいな。ぼくはあるんだけどな。ニューヨークで恋を育んだじゃないか。作戦を立てているときが、いちばん楽しかった。たいがいはベッドの上だったからね。ぼくらは最高のコンビだった。すべてがぴったりと嚙み合った。最初に会った瞬間にお互いわかったんだ、運命の相手だって。でもきみはぼくの前から去ってしまった。本気で恋に落ち、崩れてゆく自分が怖くなったんだ。ちがうかい？」

ふたたびダー子は言い返さなかった。今度のは完全にシカトである。でも却ってジェシーの存在を大いに気にしているのが、ありありとわかった。

「それとそうそう、This is a sign. のことはときどき思いだして、ひとりニヤついちゃうんだ」

「This is a sign. ってなんのこと？」ダー子は反発するように言った。「私はすっかり忘れたわ」

忘れてないじゃん。朝食のとき、うれしそうに話していたくせに。

だいたいムキになって言い返すのが、不自然極まりない。それはジェシーにもわかったらしい。それ以上、ニューヨークの話はせずに話題を変えた。

「リチャードは元気そうだったね。さすがは変装の達人だ。芸術の域に達していると言ってもいいくらいだ。ロシア語も完璧だったし。彼は昔からテキトーそうに見えて努力家だから、あのくらいは当然か。どこをどう見たって、『ソラリス』の社長にしか見えなかった。太鼓判を捺《お》すよ。本物に会ってきたぼくが言うんだから、ぜったいさ」

「ほんとにあの町にいってきたのね」

ダー子が言った。平静を保ちながらも、少し驚いているのがわかる。

「そりゃそうさ。ＩＲＣという会社で、海外の企業調査を主におこなっているというのも嘘じゃない。今回のオサカナを釣るために、身元はちゃんとしたほうがイイと思って、三ヶ月前に就職したんだ。こんなカタチで役立つとは思ってもみなかったけど。はは。前田敦子って名乗ってた子はイマイチだったたな。もっとちゃんとした仔猫ちゃんを雇わなきゃボロがでるぜ。その点」ジェシーはふりむき、モナコに顔をむけた。「きみは素晴らしい。美人占い師姉妹なんて奇を衒《てら》いすぎると思ったけど、きみは見事に演じ切っている。オサカナもすっかりきみを信用しているよ。虜になってると言っても過言じゃない。これまで何百人という占い師に視てもらってきたが、きみがいちばんだって。ブックカフェでもなかなかの熱演だったもんね。Rome! By all means, Rome. っていうのもよかったけど、迫真だったのは、ママ、熱いよママッ。どこへいったの、ママッ。助けてママだよね、やっぱり」

ジェシーの甘い笑顔に釣られ、危うく「ありがとうございます」と答えそうになるのをモナコはぐっと堪えた。

「あなた、見ていたの？」

「きみ達がくるのをオサカナに聞いて、読書会の最中に、こっそり小型カメラを仕掛けておいたんだ。競馬場で持ち馬を占ったのは、彼女にあとから聞いたけどね。あれは凄かったな。『ローマの休日』が好きだったとか、火事にあって母親を亡くしたなんてことは調べればなんとかなるものだけど、どうやってあの馬が一位だって言い当てることができたの？　タネが全然わからないんだけど」

「それはあの」ただの偶然だ。

「宮ノ守一族の末裔だからよ」とダー子。

「だからってカメハメ波は無理でしょ」

茶化すように言うジェシーを、ダー子は睨みつける。

「こっちのことはぜんぶ、あなたに筒抜けだったってわけね」

「きみのことはなんでも知りたいからさ」

「あの」モナコは小さく手を挙げた。「ひとつ訊いてもいいですか」

「なにかしら」「なにかな」

ダー子とジェシーの声が揃う。

「おふたりはニューヨークで、どんなお仕事をなさったんですか」

「いろいろよ」

「なんだかんだで一億は稼いだかな。円じゃないよ、ドルだよ、ドル」

「凄いですね」モナコは本気で感心してしまう。

「いちばんデカいオサカナはトランプだったんだぜ」

「トランプって、大統領の?」

「その頃はまだ大統領じゃなかったけど」そう言いながらダー子は少し自慢げだった。

「でも最後の最後に、このひとが裏切ったおかげで、私は南米の密輸団に拉致され、危うく殺されかけた」

「でも救いにいっただろ。そしてきみのために稼いだ金は一セント残らずぜんぶ払った」

「嘘おっしゃい。あのあと、ふたりでいるのはマズイって言うんで、私は命からがら日本に戻ってきたけど、あなたはニューカレドニアでバカンスを楽しんでいたんでしょ。何人も目撃者がいるのよ」

「だからそれは、つぎのオサカナを探していたんだって、何度も言っただろ」

「けっこう羽振りもよかったそうじゃない」

「現地で素敵なマダムと出逢って、お小遣いをもらっていたのさ」

「いま考えれば、私を拉致した南米の密輸団って、あなたの差し金だった可能性も高いわ。いっしょに稼いだ金を独り占めするために」

「莫迦言うなよ。あのとき、きみを庇《かば》って、密輸団のひとりに右肩を撃たれたのはだれ? ぼくだろ。あれも芝居だったっていうの? いまでも傷跡は残っているんだぜ。

なんだったら見せてやってもいいよ」

実際、ジェシーは黄色いジャケットを脱ぎかけている。イケメンの裸を見られるのかと思いきや、そうはならなかった。

「いいわよ、べつに。そこまでしなくったって」

「つまりそれは、ぼくをまだ、信じてくれてるってことだよね。ね？」ジェシーはジャケットを着直す。「よかったぁ、誤解がとけてぇ」

拡大解釈もいいところである。それにしてもリチャードの話では、ダー子はスタアとおなじオサカナを取りあって、為す術なく持っていかれたはずだ。いまの話はちょっとちがうようだが、どうなのだろう。

「私に会って話したいことがあるんじゃなかったの？」

「そうだった。きみに会ってテンションがあがっちゃってね。無駄なおしゃべりしちゃったよ。はは。きみはあのオサカナが本物のラン・リウだと思う？」

ジェシーがダー子に訊ねた。いままでどおり軽薄でチャラい口ぶりでも、目はマジである。

「九〇％ってとこね」

「残りの一〇％は？」

「彼女がパープルダイヤを身につけているのを、一度も見てないわ」

「きみ達もないのか」ジェシーが呟くように言い、つづけてダー子に訊ねた。「見せてほしいと頼んだりしなかったの？」

「しないわ。持っているかどうかもね。興味はあったけど、私達の狙いは現金だし、それもあと半月もすれば手に入るもの」

「さっきも話したとおり」ジェシーはモナコに目をむけた。「あのオサカナはこの子のことをすっかり信用しているんだよね。なんとかしてパープルダイヤの在処《ありか》を聞きだしてくれないかな」

「なんとかしてって言われても困るわ。彼女の渇き切った心に、愛を注いであげたんでしょ。だったらパープルダイヤの在処くらい、聞きだせるんじゃなくって？」

「そんな意地の悪いこと言うなよ。ぼくだって努力したんだぜ。あの手この手を使ったが、どうしても口を割らないんだ。頼む」

「どうしよっかなぁ」

ダー子は意地の悪い笑顔を浮かべている。

昨夜、スカイプを通したリチャード達との話しあいでは、ゴネるボクちゃんをみんなで説得し、ジェシーが協力を求めてきたら、すかさず乗っかることに決めたのだ。要するにいまは、ジェシーを焦らして、からかっているのである。

「ダイヤモンド鉱山を案内してくれたのは、アレクサンドルひとりじゃなかった。本物の社長もいっしょでね。夜にはいきつけのカラオケバーに誘われたんだ。彼とふたりで『ラヴ・ミー・テンダー』を唄っているところを、店の女の子に動画で撮ってもらっている」

「それをオサカナに見せるっていうの？」

「ぼくがそんな卑怯なことを、すると思うのかい？」

「散々してきたでしょ。正々堂々勝負をしたら？」

「ぼくらの辞書に正々堂々なんて言葉あったかな」

ふたりが足を止める。ダー子とジェシーは睨みあっているようでもあり、見つめあっているようでもあった。いずれにせよ、自分がお邪魔ではないかとモナコも立ち止まって思う。かといって、走ってどこかへいくわけにもいかない。

「パープルダイヤはブラックマーケットに売りさばくつもりなのよね。いくらになると見込んでいるの？」

「二十億香港ドルはかたい。いや、もっとだな。ディカプリオがでてた『タイタニック』の製作費くらいにはなるはずだ」

ヒュゥウウと口笛を吹いてから、ダー子はジェシーに訊ねた。

「私達にいくらいただけるのかしら」

「七三ってとこかな。ぼくが七で、きみ達が三」

「莫迦言わないで」

「六四」

「半々」

「『ソラリス』の社長とぼくのデュエットの動画を痛いよ、痛い痛たたたったたたたた」

ジェシーが突然、痛がりだしたのは、ダー子が彼の左頬を右手でがっつり摑み、ぎゅぅぅぅっと捻ったからである。見ているモナコも痛みを感じるほどの捻り方だった。

「見せればいいじゃない。その前に私達はさっさとずらかるわ。たしかに十四億円を棒に振ることになる。だけどあなたがいつまで経ってもパープルダイヤが手に入らないま、香港で燻《くすぶ》っているうちに、私達はどこかよそで、べつのオサカナを釣るまでよ。あなたこそそれでイイのかって話。わかる?」

「マジ痛い、顔はぼくの命なんだ、やめてくれ、お願いだ」

「私達の取り分が六で、あなたが四」

「そんな殺生な。痛たたたったたたた」

「私達が七で、あなたが三っ。口答えをする度に、あなたの取り分は一割ずつ減っていくわよ。それでもいいの？」

「痛たたたたたたたたたたたたたたったたたたたったたた。わかりました、きみ達が七で、ぼくが三。それで手を打ちますっ。だからもうやめてっ。顔はやめてっ。顔はやめてくださいっ、痛いですぅぅうう」

さっぱりわからない。

モナコはハブンチョになった気持ちだ。実際、だれもモナコのほうを見ていない。それでもわかったような顔をして、黙ってみんなの話を聞いていた。

みんなというのはオスカー・ワイルドの読書会のメンバーである。いままさにその会がおこなわれている真っ最中なのだ。これにダー子も参加していた。もちろんダー子としてではない。前髪ぱっつんのロングヘアのカツラを被って、宮ノ守サクラ子に化けている。

この会に参加したいとダー子が連絡したところ、ラン・リウ九〇%は快諾したうえで、妹さんの心眼で視てもらいたいことがあると言った。

前回とおなじく、ブックカフェのしゃれた個室では、十人ほどが円卓を囲んで白熱した討論が、すでに一時間以上おこなわれていた。なにがおかしいのか、笑い声も何度か起きた。いちばんウケているのがジェシーだ。その度に彼は気障《きざ》ったらしく微笑む。

昨日は黄色いジャケットで派手めの恰好だったが、今日はスーツでビシッと決めている。ただしずいぶんとクラシカルなデザインだ。本人の話では、オスカー・ワイルドの肖像写真を参考に仕立てたらしい。胸に飾ったバラのコサージュもその写真を真似たのだという。これがまた絵になる。まさしく少女漫画から抜けでてきたみたいだった。

今日の議題は『The Happy Prince』だった。邦訳では『幸福な王子』、あるいは『しあわせな王子』というタイトルで、子どもむけの短編小説である。

昨日の夜、電子書籍で邦訳を購入し、モナコは読んでいた。読書は得意ではないが、十数ページだったので、すぐに読みおえることができた。銅像の王子様（王子様の銅像か）とツバメが登場するその話を、モナコはなぜか知っていた。幼い頃、だれかに絵本を読んでもらったことがあったのかもしれない。

なんにせよ内容は把握できていたものの、モナコは議論に一言も口が挟めなかった。それもやむを得ない、メンバーはみんな、言葉を交わすのに英語を使っていたからだ。

なんとダー子もである。嬉々として英語をしゃべる彼女を見て、モナコは呆気に取られた。

でもまあ、英語くらいできなければ、世界一のコンフィデンスマンになれるはずがない。考えてみればジェシーとはニューヨークでトランプ相手に〈仕事〉をしてきたくらいなのだ。

小さい頃からハブンチョには慣れている。なにしろ天涯孤独の身だ、ある意味、ずっとハブンチョ人生である。だがこのところダー子とずっといっしょで、ほんとの姉妹みたいな気持ちになっていた。そんなお姉様が自分の知らない言葉でしゃべっているのを見るのは、ちょっと辛かった。

今は豆助も相手にしてくれない。いつもどおりキャリーバッグの中で丸まって、寝息を立てているのだ。じつはここにきてすぐ、ラン・リウ九〇%にじゃれついて、はしゃいでいたのだが、ジェシーがきた途端、バッグに飛び込んでしまった。

「我が妹よ」

ダー子が日本語で話しかけてきた。気づけばみんなの視線がモナコに集まっている。

「な、なんでしょうか、お姉様」

「あなたも『The Happy Prince』を読んだでしょ。あと五分もすれば会はお開きなのよ。

最後にあなたの意見を聞きたいって、みなさん、おっしゃっているの」

「でもあたし、英語は」

「私が訳してあげる。どんなことでもいいの。短くてもかまわないわ」

「それではあの」モナコは咳払いをした。「王子様やツバメをあんな目にあわせるなんて、オスカー・ワイルドは意地悪だと思いました」

ダー子はちょっと意外そうな顔をしたが、すぐに英語に訳した。その途端、モナコにむかって、みんなが拍手をしてくれた。なぜだかわからぬまま、モナコは立ちあがって、丁寧に頭をさげた。


「どうしたの？　その顔」オスカー・ワイルドの読書会がおわって、メンバーが帰っていったあとだ。ラン・リウ九〇%がジェシーに言った。「左の頬、紫色になっているじゃない。せっかくのイケメンが台無しよ。なにかあったの？」

ダー子が捻った跡である。丸一日以上経っているにもかかわらず、消えるどころか、紫色になっていた。ほとんど痣だ。もちろんダー子はそんなことをおくびにもださず、素知らぬ顔をしている。

「寝ぼけてベッドから落ちてしまいましてね。間抜けな話です。まったくもってお恥ずかしい」

「よかった」ラン・リウ九〇％がほっと胸を撫で下ろす。「あなたみたいな完璧なひとでも、そんなつまらない失敗をするのね。安心したわ」

「Nobody's perfect.ですよ」

「この世に完璧な人間はいない。『お熱いのがお好き』のラストの台詞ね。若いのに古い映画を見ているなんて感心だわ」

ラン・リウ九〇％が笑うのをまだ見たことはない。いつもクールに決めている。いまも笑顔ではないが、鼻歌でも唄いだしそうなくらいに楽しげだ。彼女はジェシーからダー子に視線をむけた。

「一昨日に会っているから、改めて紹介しなくてもいいでしょ」

「IRC、インターナショナル・リサーチ・カンパニーのジェシーさんでしたね」とダー子。

「宮ノ守姉妹。お姉さんのサクラ子さんに、妹のヒカル子さん。ふたたび会えて光栄です」

「ジェシーにあなた達の話をしたら、自分のことを妹さんの心眼で視てほしいと言いだしたのよ。お願いできるかしら」

「かまいませんが、どんなことを視ればよろしいのでしょう?」

ダー子がジェシーに訊ねる。

「そうですね。まずは試しにぼく自身がどんな人間かを当ててくださいませんか」

「私達をお疑いになっている?」

「お気を悪くなさらないでください」ダー子に言われ、ジェシーは素直に詫びた。「調査員という仕事柄、何事も鵜《う》呑みにできない性分でして。どうぞご勘弁を」

それからジェシーがモナコの隣に移動して、椅子ごと身体をむきあわせた。先日、ラン・リウ九〇%の過去を見たときとおなじである。お互いの膝がぶつかるくらいの距離になると、ダー子が最悪と評した香水の匂いが漂ってきた。やはりそう悪くはないとモナコは思う。

「よろしくお願いします」

ジェシーが一礼をして、両手を差しだしてくる。モナコが握ると、彼は目蓋を閉じた。ラン・リウ九〇%や贋ロマーシャのときと同様、練習をしてきている。今回の台本もダー子の手によるものだ。

「大勢の女性が……手を振っている………別れと……出逢いを……繰り返して……生きてきた……ひとりの女性には…縛られたくない………自由を愛し……旅をつづける人

生……家庭や…恋人に……縛られたくない…」

「間違ってはないよ」ジェシーのチャラい声が聞こえてきた。「でもあまりに抽象的だな。きみ達はもう、ぼくの仕事を知っている。だとしたら、これくらいは言い当てられそうだ。もっと具体的なことは？」

「魚が苦手……昔……生魚にあたって……三日三晩……苦しんだ……」

「たしかにあなた、魚は食べられなかったわね」とラン・リウ九〇%。「生魚にあたったのはほんと？」

「うん、ああ」

「ひとを裏切った………いまでも申し訳ないと……思っている…………最愛のひとを………でも…彼女を見捨てることは……できなかった…」

ジェシーの掌の、左右ともに汗が滲みでてきたのが、モナコにはわかった。

「稼いだ金を全額……ケースに入れて…救いにいった……彼女はやつれていたが…無事で……金と引き換えに……その場を去ろうとしたら……銃声が……逃げろ……逃げるんだ……ぼくにかまわず…きみは逃げろ……右肩を……撃たれた……あまりの痛みに気を失いそうになり……遠くでパトカーの音が……」

「もういいっ」

ジェシーが叫び、モナコから手を放す。

「いまのほんと?」ラン・リウ九〇%が心配げに言う。「銃で肩を撃たれたなんて」

「昔の話だよ。ずっと昔」

モナコは目蓋を開くと、ジェシーは掌だけでなく、額にもじっとりと汗をかいていた。

「それで?」ラン・リウ九〇%が訊ねる。「最愛のひとは救えたの?」

「ええ、まあ。それ以来、会っていませんが」

「妹があなたの過去を言い当てたのは、間違いありませんか」

ダー子が訊ねた。口角が微かに上がっているのに、モナコは気づく。

「あ、うん。疑って申し訳なかった」

「いかがなさいますか。まだつづけますか」

「そうですね。過去はもうけっこうです。これから先のことを視てもらえないかな」

ふたたびモナコはジェシーの両手を握り、目を閉じる。深く深呼吸をしてから、ダー子の台本どおりに言葉を並べていく。

「ひとりでいるのも………いい加減……疲れた…………そろそろ…決まった相手を……見つけたい…本物の……愛……自分と似た…考えを持つ…女性がいる……本物の愛が…欲しいと願っている…でも彼女は…自由になりたいと……すべてのしがらみから逃れて

……旅立ちたい……」

ラン・リウ九〇%とジェシーは三日にあげず、逢瀬《おうせ》を楽しんでいた。ただしせいぜい手を握るくらいで、キスも許してもらっていないとジェシーは嘆いていた。

逢う度にラン・リウ九〇%は、どこに国にいって、どんな暮らしをしていたかを、ジェシーに訊ねてきた。商談で海外へでかけることはあっても、彼女の場合、空港とホテルを行き来するだけらしいのだ。

さまざまな国で恋愛詐欺を重ねてきたジェシーである。〈仕事〉の話を抜きにしても、気候や町並み、ひとびととの交流、その土地ならではの風習、どんなものを食べて、どんな遊びをしたのかなど、話のネタに尽きることはない。まるでアラビアン・ナイトだとジェシーは苦笑していた。

世界を渡り歩いて生きるって、どんな気分？

最高だよ。

ジェシーがそう答えると、ラン・リウ九〇%は目を潤ませてこうつづけたそうだ。

私、自由になりたいの。すべてのしがらみから逃れて旅立ちたいの。でもひとりでは無理。勇気がないの。だからお願い。いつかいっしょに連れていってくださらない？

「いますぐにでも…彼女を連れて……でも………いざそのときになったら……彼女は……ほんとに……」

　このあと、〈彼女〉がラン・リウ九〇%であることを匂わす台詞をつづけるはずが、思わぬ邪魔が入った。とうのラン・リウ九〇%だ。

「その先は？」と訊ねてきたのである。我慢し切れず思わず口にしてしまったらしい。

「ジェシーは、その女性とどうなるの？」

　マジっスか。

　モナコは焦った。そこまでダー子の台本にはなかったのである。

「我が妹よ。いまの問いにお答えなさい」

　えぇぇええ？　ダー子さん、そりゃないよ。

　こうなればアドリブだ。

「ふたりきりで……旅立つ……だれも………祝福してくれない……それでも…かまわない……ふたりだけで……幸せ……人生は………だれかを愛するためにある………本当に愛して……くれているのが…だれなのか……いまわかった………愛している…愛……きみがいなければ……ぼくは…生きていくことが…できない……」

ダー子達に出逢う直前、つきあっていた男が、ベッドの上で囁いた言葉だ。じつを言えばその男の指示で、彼が連れてきた見知らぬオジサンとペアで、ペディグリーペット詐欺をやっていたのである。

「後悔しない……それこそが愛……本当の愛……愛を恐れてはいけない………」

「ふたりきりで、どこにいるの？」

これまたラン・リウ九〇％だった。目蓋を閉じているので、表情は見えないが、声はいつものクールさを完全に失っている。

どこって言われてもなぁ。

「オーロラ」

「え？」「は？」「なんだって？」三人の声が揃う。

「オーロラが……見えます………」

嘘ではない。なにを言うべきか迷っていたら、目蓋の裏にオーロラらしきものが浮かびあがってきたのだ。

「オーロラの下で………ふたりきり………静かで………幸せな………充実した暮らし……」

可愛い。

いまモナコの前には黄色いクマがいた。バナナケーキで、クマの顔をしているのだ。あまりに可愛過ぎて、食べるのを躊躇《ためら》ってしまうくらいである。だがここは心を鬼にするしかない。そう思ってフォークをさした途端だ。

「痛いっ。なにすんだよ。ぼくを食べないで」

驚いた。さすがにケーキのクマがしゃべったとは思わない。なにに驚いたかと言えば、アニメの声優のような声でそう言ったのが、ラン・リウ九〇%だったからだ。むかって左側にいる彼女を見ると、いつもどおりクールなままだった。

「冗談よ。遠慮なくお食べなさいな」

「は、はあ」

ラン・リウ九〇%の前にもケーキがあった。バニラカスタードにイチゴが盛り沢山にのったタルトだ。右側のダー子はマンゴーのクリームでコーティングしたムースケーキである。それぞれ自分のケーキをスマートフォンで撮影したところだったのだ。

いまいるのは、フランスのファッションブランドが経営するカフェだ。日本にまだ上陸していないが、香港には何店舗かあり、そのうちのひとつである。キャリーバッグの中でおとなしくしているとはいえ、さすがに豆助を店内に入れるわけにはいかず、テラス席に座った。

ブックカフェをでたのは二十分ほど前だった。仕事があるので、とジェシーが去ったあと、甘いもの食べにいかない？　とラン・リウ九〇%が誘ってきた。承知したあとに少し後悔したのは、彼女が運転する黄色いカブト虫に乗らねばならなかったことだ。前回よりぐっと短かったが、それでも何度か心臓が止まりかけた場面はあるにはあった。

「サクラ子さんに訊きたいことがあるんだけど」ケーキを頬張りながら、ラン・リウ九〇%が言った。「あなた達一族の力は、男を知れば失われるのでしょう。でもあなたはその力を捨ててまで男を選んだのよね。恋のお相手はすべてを捨ててもいいというくらいにイイ男だったわけ？」

「なんですか、いきなり」唐突な質問に、さすがのダー子も面食らっている。

「コイバナよ、コイバナ」モナコは口に含んだケーキを吹きだしそうになる。よもやラン・リウ九〇%の口から、コイバナなんていう言葉が飛びだしてこようとは思ってもいなかったからだ。さらにはだ。「せっかくこうやって、女三人でインスタ映えするスイーツ食べているんだから、ガールズトークをすべきでしょ」

ダー子だって〈ガール〉とは言い難い。さらに年上のラン・リウ九〇%では尚更だ。

「恋はいつだって自分を欺くことから始まり、他人を欺くことで終わる。これが世間でいうロマンスというものである」ダー子は『ドリアン・グレイの肖像』の一節を諳んじた。「彼は優しくて素敵なひとでした。でもそう演じていただけなのです。私もまた、彼好みの女になりきろうと努力していた。つまりお互い本物の自分をさらけだすことなく、付きあっていたのです。そう気づいたときにはもう遅かった。彼は私を裏切って、去っていきました」

それってジェシーのこと？　きっとそうだ。

「以来、私はひとを愛することをやめております。でも」

「でもなぁに？」とラン・リウ九〇%が身を乗りだす。

「いま申し上げた男性よりも遥か昔から知りあいの男性がいます。子どもの頃からいっしょで、私のことをだれよりも知り尽くしているひとです」

ボクちゃん？　ボクちゃんですよね？　ボクちゃんが好きなんですね？

その言葉が飛びだしてしまわないよう、クマの顔を切り刻み、口の中に詰めこむ。そんなモナコの代弁をするように、ラン・リウ九〇%が言った。

「そのひとが好きなのね。打ち明けたことはある？」

「いえ。好きかどうかもわかりません。でも彼と恋に落ちて、お互いを欺きあうことになるのが、私にはなによりも怖いのです。ならばいまのままの関係でいたほうがいい。

そして私はロマンスと無縁の人生を選びました」

「あなたのその気持ちを、彼はわかっているのかしら」

「たぶん」ダー子は頷く。「いまも言いましたように、私のことを知り尽くしていますので」

「彼はあなたが好きだと思う？」

ラン・リウ九〇％の問いかけに、ダー子は虚を衝かれたような顔つきになる。だがそれも一瞬だった。

「どうでしょうか」

「彼はあなたを知り尽くしているのに、あなたは彼の気持ちがわからないの？　だったら訊いてみるしかないんじゃない？」

「きゃん、きゃんきゃん」

そうだ、そうだ。さすが別嬪さん、あんたイイこと言った。

キャリーバッグから顔をだして吠える豆助を、ダー子はじろりと睨んだ。そして視線をラン・リウ九〇％にむける。

「あなたこそジェシーという調査員と、どういったご関係なんですか」

ダー子のあまりに直な質問にモナコは驚いてしまう。とうのラン・リウ九〇％は平然としたままだ。そしてこう聞き返してきた。

「どういう関係に見えたかしら」

「お互いを欺きあう仲だと」

ダー子が言った途端だ。信じ難いことが起きた。ラン・リウ九〇%が笑いだしたのである。それも尋常ではない笑い方だ。なにが面白くて笑っているのかわからず、モナコは途中からちょっと怖くなったくらいだ。

「欺きあう仲ってケッサクね。その伝でいけば、世界中の愛しあうひと達は、ダマしダマされつづけていることになる。でもけっして間違っていない。ある意味、愛の本質をついた発言よ。素晴らしいわ」

ラン・リウ九〇%が言った。口調こそ皮肉や嫌味のようだが、本気で感心しているのかもしれない。だがダー子はどう反応したらいいものかわからないようで、困り顔だった。

「ジェシーが言うにはね。私は彼が昔、つきあっていた女性に似ているらしいの。容姿ではなく、ここがね」ラン・リウ九〇%は右手を胸に置いた。「孤独で、人見知りで、寂しがり屋で、いつも悲しい。そのどうにもならない心の大きな穴を、必死にお金で埋めているところがまるでおなじだって」

それってもしかしてダー子さんのこと？

「元カノの心にできた大きな穴を、ジェシーは愛で埋めようとしたけど、できないままに別れてしまったんですって。仕事の関係で、つい最近、元カノと偶然会ったら、その穴はより大きくなっていて、見ていて涙がでそうになったそうよ」

モナコはダー子を見た。とくに反応がない。でもわざと反応すまいとしているのかもしれない。

「ねぇ、ヒカル子さん」

「あ、はい」モナコはダー子からラン・リウ九〇％に視線を移す。

「ジェシーの未来で、彼と連れ立って駆け落ちをする女性って、もしかして私だった？」

ちょうどよかった。

じつはその話をモナコから切りだそうとしていたのだ。

「顔かたちははっきり見えませんでしたが、その人影は紫色の光を放っていたので、あなたに間違いないと思います」

「紫色の光を放っているのが、どうして私なの？」

「これまで申し上げていなかったのですが、我が妹はひとが放つ霊的エネルギーを視ることもできるのです」

　じつはこれもモナコがジェシーの未来を視ているあいだに、ダー子が説明するはずだったことである。

「それじゃなに」ラン・リウ九〇%は自分の身体をしげしげと見る。「私から紫色の光がでているわけ？」

「眩しいくらいに強く。でしょう？　我が妹よ」

「はい、お姉様。でもいまこうして改めて見ますと、紫色の光はこの方が自ら放っているのではありません。身につけたなにかしらの物体から発した光が、全身を包みこんでいます」

「そんなことってあるの？」

「常備しているもの、たとえばお守りや十字架、肉親の遺品、そして宝飾の類いなどが、持ち主を守護するために、霊的エネルギーを発するのはよくあるケースです」

　ダー子はもっともな口調で話すが、もちろん彼女自身のでっちあげだ。昨夜にこの嘘を聞かされたとき、非科学的過ぎる、さすがにバレやしないかと、モナコは異議を唱えたところだ。

　あなたの心眼を信じているんだから、ぜったいだいじょうぶ。

「なるほど」ほんとだ。ラン・リウ九〇%は微塵も疑わず、受け入れてしまった。「言われてみれば、いつも自分が守られている気がするのよね。どんな無茶な運転をしても事故らないし」

わかってて、やっているんだ、あの運転。

「オーロラが見えるとも言ってたわよね」

「はい。目蓋の裏に浮かんできました」

ラン・リウ九〇％に訊かれ、できるだけ平然と答えたものの、モナコは内心はドキドキだった。

「あれってカナダでしょ？」

「土地の名前まではわかりかねますが」

「きっとそうよ。そうにちがいないわ」

ラン・リウ九〇％は決めつけた。異論はない。というか、反論しようがない。それならそれでかまわない。

「だってね。アメリカの非鉄金属メーカーから、カナダの極北の丘にあるダイヤモンド鉱山の採掘権を買わないかっていう話がきているの。あの権利を『射手座集団』でじゃなくて、私が個人名義で買い取ればいいんだわ。その収益であなたが心眼で視たとおり、オーロラの下でふたりきり、静かで幸せな充実した暮らしができる」

『射手座集団』とはっきり言ったのを、モナコは聞き逃さなかった。

やっぱりこのひとはラン・リウ本人で間違いない？

「それはつまり」ダー子が静かに言った。「あのジェシーという男性と、カナダにお発《た》ちになるおつもりでしょうか」

「ナイショよ」ラン・リウ九〇%は声をひそめる。「だれにも話さないって約束して」

「ご安心ください。香港には、あなた以外に知りあいがおりませんので」

「ネットの書き込みも駄目よ」

「もちろんです」

「あなた達姉妹にはお礼を言うわ。ふたりに会ってから、私の思い通りに物事が進んでいくんですもの。なんだか夢でも見ているみたい」

「この地に救うべき者あり。我が妹の受けた啓示は、やはりあなただったのでしょう。よい方向へ導いて差しあげることができたとなれば、私達もうれしいかぎりです。ただしひとつ忠告を」

「やあね、勿体ぶらずに教えてちょうだいな。あなた達の言うことならなんでもきくわ」

「カナダへお発ちになるときも、紫色の霊的エネルギーを発するものを必ずご持参なさるべきです。なんでしたらそれがなにかをいまここで、我が妹に確認させることもできますが、いかがなさいますか」

「片時も手放さないものよね。だったらぜったいにこれっていうのがあるんだけど」そう言いながらラン・リウ九〇%はバッグを開いて、中を探った。「念のために、たしかめてもらおうかしら」

「ぜひ」

ダー子が促す。平静を装っているが、興奮を隠し切れずに、鼻が少し膨らんでいた。気持ちはわからないでもない。数百億円の値打ちがあるパープルダイヤを、この目で拝めるかもしれないのだ。モナコもごくりとツバを飲みこむ。

「これよ」

ラン・リウ九〇%がバッグからだして、テーブルに置いたのは例の悪趣味なスマートフォンだった。

そりゃあ、たしかに片時も手放さないでしょうけど。

「父の遺品で、宝飾の類いで、なによりもそのもの自体が紫色だからまず間違いないはずだわ」

父の遺品のはずがない。最新型だ。それに宝飾の類いでもない。紫色なのはギンギラにデコりにデコった部分である。

「こちらの真ん中にデコレーションしてある、ダイヤモンドによく似たカタチをした紫色のがそうでしょうか」

「ダイヤモンドそのものよ」

ダー子の質問にラン・リウ九〇%はあっさり答えた。

「常日頃から身につけていれば永遠の繁栄をもたらすという伝説のダイヤモンドで、ナポレオンが持っていたなんて話もあるくらいなのよ」

これがパープルダイヤ？　嘘でしょ？

「それだけのものであれば、かなりの高額なのではありませんか」

「ここだけの話」ラン・リウ九〇%はさきほどよりも、さらに声をひそめた。「ジェームズ・キャメロン監督の『タイタニック』の製作費とおなじくらいだわ。十年以上昔、父から譲り受けたときは首飾りだったんだけど、私、金属アレルギーだから、こうしてスマホにデコレーションしたの」

「『タイタニック』が一本つくれるダイヤをですか」

「『タイタニック』が一本つくれるダイヤが、スマホのカバーにデコレーションされてるなんて、だれも思わないでしょ？」

「三億香港ドル？」

ジェシーの素っ頓狂な声がノートパソコンから聞こえてきた。ただし画面に映っているのはラン・リウ九〇%のバストアップだ。その背後には百万ドルの夜景が広がっている。

ふたりは高層ビルの最上階にあるバーにいるのだ。ジェシーが胸につけたバラのコサージュに仕込んだ超小型カメラが映す画像を、生配信中なのだ。これをダー子とモナコ、そして豆助は宿泊先の狭い部屋の二段ベッドの下の段で見ていた。『MICHIKUSA KOWLOON』ではリチャード達も見ているにちがいない。

クマのケーキを食べたカフェで、ガールズトークをしてから十日が経った。その後、〈宮ノ守姉妹〉はラン・リウ九〇%からはまったくお呼びがかからなかった。しかし彼女がジェシーとデートを重ねていたのは知っている。ジェシーに必ず超小型カメラを持参させているからだ。ラン・リウ九〇%の動向を知るためだが、ダー子達を出し抜いて、スマートフォンにデコったパープルダイヤを持ち逃げしないよう見張るためでもあった。

そんなにぼくが信用できないかな。

文句を言うジェシーにダー子はこう言った。

どこの世界に詐欺師を信用する詐欺師がいるもんですか。

指輪やネクタイピン、カフスボタンなど超小型カメラを仕込む場所は随時変えた。五十嵐の知りあいで、こうした小道具をつくるのがウマい職人がいるのだ。発注すれば一時間とかけずに作製してしまう。この職人はとある茶餐廳《チャーチャンテーン》の二階に住んでおり、ジェシーがこの店にデリバリーサービスを頼むと、食事といっしょに、発注した品を届けてもらうことができた。今回は読書会のときに付けていたバラのコサージュに仕込んであるのだが、いったいどこにレンズがあるのか、まるでわからなかった。

ほぼ毎晩、デートをしていながら、男女の関係に陥ることはついぞなかった。ラン・リウ九〇%が拒むのだ。ジェシーも無理強いせず、海辺にある高層マンションへタクシーで送っていく。遅くても夜の十二時前と、まるでシンデレラだった。

「無理よね、ごめんなさい」

ラン・リウ九〇%がしおらしく詫びるのを聞きながら、モナコはスマートフォンで三億香港ドルを円に換算する。四十二億円以上だ。これだけのお金をジェシーに準備できないかと頼んだのだ。

「なんでそんな大金が必要なのか、差し支えなければ教えてくれないかな」

「こないだ、カナダにあるダイヤモンド鉱山の話をしたでしょう？」

「採掘権をきみの個人名義で買い取るって言ってた？」

ダー子とモナコも聞いている。その収益でオーロラの下でふたりきり、静かで幸せな充実した暮らしができるとも話していた。

「それがね、思った以上に高額だったのよ。私が急いでいるのに気づいて、足元を見られてしまったの。いつもだったら、こんな初歩的な交渉ミスをしないのに、あなたと一時も早く幸せになりたいって、焦ったのがいけなかったのね。財閥の人間にはバレないよう、私自身の資産をかき集めたんだけど、十五億香港ドルしかできなくて」二百十億円以上だ。ふたたびモナコはスマートフォンで円に換算したのである。「だけどどうしてもあと三億香港ドル足らないのよ」

ラン・リウ九〇％が話しているあいだ、ダー子もまたスマートフォンをいじくっていた。

「失礼」ジェシーがスーツの内ポケットからスマートフォンを取りだして確認する。

「ごめん、仕事の電話だ。ちょっと席を外してもいいかな」

「どうぞ」

ジェシーは腰をあげ、バーを横切り、トイレへ入っていく。店内は薄暗かったが、トイレは眩しいくらいに明るい。ノートパソコンの画面に、ジェシーがあらわれた。洗面台の前に立って鏡に映る彼を、超小型カメラが捉えたのだ。Don't think! Feel.のお寺でダー子につねられた左頬の痣は、さすがに治っている。

「三億香港ドル、きみ達のほうで都合つけてくれ。日本円にして四十二億円ちょっとで、『タイタニック』一本分のダイヤが手に入るんだ。安いものさ、頼む」

ノートパソコンの中で、ジェシーがスマートフォンにむかって言う。彼にダー子が電話をかけたのだ。

モナコは『タイタニック』の製作費をネットで調べてある。二億八千六百万ドル、円に換算すれば三百十八億円だった。たしかに四十二億円ちょっとの出費は安いかもしれない。ただしあまりに大金過ぎて、モナコにはいまいち現実味がないのが正直なところだ。

「日本のゴッドファーザーの異名をとる赤星栄介からだまし取った二十億円、まさかぜんぶ使い果たしちゃいないだろ」

「なんで赤星のこと、知ってるの?」モナコの隣でダー子が言った。彼女はスマートフォンを耳に当てている。

「蛇の道は蛇さ。それにきみのことはなんでも知りたいって、前にも言ったの、忘れたのかい?」

「うぅぅぅぅ」唸り声がした。ダー子ではない。豆助だ。いままで聞いたことのない野太い声で吠えだした。「うぉんうぉん、うぉんうぉんうぉん」

「その声は豆助くんかい?」

「あなたにむかって吠えているわ」

「ぼくがなにをしたっていうんだ」

「うぉんうぉん、うぉんうぉん」

ノートパソコンの画面にラン・リウ九〇%がでずっぱりだったのに、ジェシーになってしまい、機嫌を損ねたのかもしれない。

「こうしましょ。彼女の宝飾店から振り込まれる一億香港ドルを、そっくりそのまま、それに使うわ」

「残りの二億香港ドルは?」

「あなたが払って」

「だからぼくにはそこまでの財力は」

「あぁぁぁら」ダー子は妙な声をだす。「あなたほどの恋愛詐欺師ならば、電話口で甘い言葉を囁くだけで、日本円で一億二億、ぽんとだしてくれる有閑マダムが世界中にゴロゴロいるんじゃなくって？　いまこそ腕の見せ所よ、我が愛しのジェシー様♡」

いまの言い方はぜったい語尾に、ハートマークがついていたよな。

「五日でなんとかする」

「三日じゃ無理かしら」

「うぉんうぉん、うぉんうぉんうぉんうぉんうぉん、うぉん」

パソコンの中から、こちらを睨みつけるジェシーに、豆助が激しく吠えつづけた。その隣で、ダー子はにやつくばかりだった。

「三日で二億香港ドルつくってやろうじゃないか」

「よろしくね」

画面からジェシーが消えた。洗面台から移動したのだ。トイレから薄暗い店内へでると、なにを思ったか、駆け足でテーブルへ戻っていく。

「素晴らしいっ。こんなことがあるなんて信じられない。やはりぼくらは結ばれる運命にあったんだっ。よろこんでくれっ」

椅子に座るや否やしゃべりだした。興奮のあまり、自分がコントロールできなくなったようだ。もちろんそんなはずがない。ただの芝居だ。でもふたたび画面にあらわれたラン・リウ九〇%は目を瞬かせている。

「落ち着いて、ジェシー。みんなが見ているわ」

「はは。なんだったら、みんなに一杯ずつ奢ってあげたいくらいだ。こんなことってあるんだな。はは」

「なにがあったの?」

「奇跡だよ、奇跡。奇跡が起きたんだ。これできみとふたり、カナダへ飛び立つことができる。はは。ははは」

「どういうことか、さっぱりわからないわ。順序立てて説明してちょうだい。かかってきたのは、仕事の電話じゃなかったの?」

「かけてきたのは仕事の取引先だけど、昔からの親しい友人でね。ニューヨークで、富裕層を相手にふたりで仕事をしていたこともある。いちばんのお得意様はトランプだった。もちろんまだ大統領になる前のね」

「なに言ってるんだ、ジェシーのヤツ」ダー子が憎々しげに言う。

「ニューヨークにいた頃、その友人の知り合いの知り合いが設立したゲーム会社の株を、買わされたことがあったんだ。ぼくとしてはただの付き合いで、たいした額でもなかったし、いましがた電話をもらうまですっかり忘れていたくらいなんだけどさ。昨年末に発売したオンラインゲームが、予想を遥かに上回る大ヒットを記録したとかで、そのゲーム会社の株価が一気に跳ねあがって、いまが売り時だぞって、犬が吠えるみたいに、電話口で友人が捲し立てるんだよ。だからまあ、電話を切ってから、ネットで調べて計算したら、いくらになったと思う？　三億香港ドルだよ、三億香港ドルッ」

「ほんとに？」

「こんな大事なことで嘘つくはずないだろ」

「でも信じられないわ」ラン・リウ九〇％は、その言葉どおりの表情だ。

「愛だよ、愛。ぼくらの愛が本物だからこそ、神様が奇跡を起こしてくれたんだ」

「ちっ」モナコの隣で、ダー子が舌打ちをした。「おまえの愛が本物のはずないだろ」

「やはりここにいるみんなに一杯ずつ奢ろう」ノートパソコンからは、ジェシーの浮かれた声がなおもつづく。なんだかやけっぱちに聞こえなくもなかった。「いやいや、一杯なんてケチくさい、今夜のこの店の勘定をぜんぶ、ぼくが持とう。そしてみんなに、ぼくらの門出に乾杯してもらおう。はは。ははっはははは」

だいじょうぶかな、このひと。

だいじょうぶだった。

三日後には二億香港ドルを調達できたのである。

「やればできるじゃないの」

「ぼくのこと、少しは見直したかい」スピーカー通話にしたダー子のスマートフォンから、ジェシーの声が聞こえてくる。「きみ達のと合わせて、オサカナの個人口座に昼前に送った」

ジェシーが言う〈きみ達の〉とは例の工場建設の手付金、一億香港ドルだ。先週の金曜、ラン・リウ九〇%の宝飾店から送金され、土日を挟んで今朝方、そっくりそのまま、ジェシーの口座に入れたのである。

「私達のお金、よく持ち逃げしなかったわね」

「するはずない」ダー子にからかい気味に言われ、ジェシーがムッとしたのが声の調子でわかった。「ぼくの狙いはあくまでもパープルダイヤだからね」

「オサカナには連絡した？」

「ついさっき、むこうから電話があった。氷姫とは思えないほどのはしゃぎようだったよ。どうやら入金されるまで、ぼくの話を信じていなかったらしい」

「そりゃそうでしょうよ。ゲーム会社の株で儲けたなんて、詐欺師にしちゃ不出来な嘘だったもの」

「詐欺師でもぼくは恋愛専門だ」ジェシーは拗ねたように言う。「畑違いのうえに、急遽でっちあげた嘘なんだ、あれが精一杯さ。なんにせよオサカナは食いついてきたんだからイイだろ」

「カナダへは、いついくって話はしたの？」

「今夜、会う約束したんだ。そのとき、するんじゃないかな。しなきゃ、こっちから切りだすさ」

「何時に会うの？」

「七時だ」

「そんなに早く？」

「そんなにって言うほど早くないぜ。いままでだって、これくらいの時間のときに会っていたぞ」

「でもあと五時間しかないじゃない」

「五時間しかないってどういうことだ。っていうかきみ達はどこにいるんだ？　なんだ、この陽気な音楽は」

「うっさいわね。どこだってイイでしょ」

ダー子が少し切れ気味に言い返し、電話を切ってしまった。

ふたりがいまいるのは夢の国だ。耳のデカいネズミが生息するあそこである。今朝、朝食を食べているとき、日本の千葉にあるその国にもいったことがないと、モナコが話したところ、ダー子がいまからいこうと言いだしたのだ。

いいんですか？

いいのよ。詐欺師だって働き方改革に従って、キチンと休み取らなきゃ。リフレッシュ休暇よ。

なにを言っているのだと思いながらも、反対する理由はない。豆助は安宿のあるビルの前まで、リチャードにきてもらって預けた。

そして朝九時に、ふたりは夢の国の住人になっていたのである。

ダー子が言うには、日本の千葉にあるのと比べてひとが少ないらしい。たしかにさほど並ばずとも、いろいろなアトラクションが楽しめた。それでもまだまだ遊び足りない。なによりも夜の八時半からは、電飾ギラギラで華やかなパレードがある。ぜひとも見たいところだったが、夜七時にジェシーとラン・リウ九〇%がデートをするとなると、その模様の生配信を見るため、夢の国を六時前にはでなければならない。

「なんだよ、まったくぅ」地団駄を踏んで悔しがるというが、ダー子は本当に地面を何度も足で踏みつけていた。しかも頭にネズミのでっかい耳を模したカチューシャを着けているので、滑稽《こっけい》極まりない。「可愛い我が妹にパレード見せてやりたかったのにさぁ」

あたしに見せたかったなんて。

「お姉様のそのお気持ちだけで、あたし満足ですわ」

本心だ。自分のために、だれかがなにかをしてくれるなんて、いままでの人生になかったからだ。

「ほんとに？」ダー子はにんまり笑った。「それじゃさ、パレードはまた、つぎの機会にしよっか。そうだ、今度の仕事でお金が入ったら、夢の国一日貸しきっちゃお。香港でも千葉でもどこでもいいからさ。約束だよ、我が妹」

「はいっ」

モナコは元気よく答えた。そうしなければ涙がこぼれそうだったのだ。

13

「サクラ子さん、ヒカル子さん」ラン・リウ九〇％の声がする。「ここよ、ここぉ」

黄色くて大きな『M』のマークの下で、ダー子とモナコに両手を振っていた。いつもは地味でシックな装いなのに、今日はピンクのロングコートだ。悪くない。それどころか華やかで愛らしかった。いまの彼女の心情を表しているのかもしれない。

ここは国際空港である。ラン・リウ九〇％は出国前エリアにあるファーストフード店で、端っこの席に陣取っていた。

「ありがとう」

ふたりが辿り着くなり、ラン・リウ九〇％はダー子にハグした。つづけてモナコにもだ。

「きゃんきゃん、きゃん」

「あなたもきてくれたのね。うれしいわ」

キャリーバッグから顔をだす豆助の頭を、ラン・リウ九〇％は愛おしそうに撫でた。

「ジェシーさんは？」ダー子が訊ねる。

「あそこよ」ラン・リウ九〇％が指差すほうをむくと、ジェシーがカウンター前に並んでいた。こちらに背をむけ、奇抜な格好をしているわけではないが、すぐにわかった。周囲のひとが、とくに女性達が彼をチラチラ見ていたからだ。「コーヒー、買ってくるけどあなた達もなにか飲む？　食べてもいいわよ」

「私もコーヒーだけで」「あたしも」

「ジェシーッ」ラン・リウ九〇%が通る声で呼んだ。「コーヒーふたつ追加っ」

ジェシーが振りむき、了解と答える代わりに右手を挙げた。そのさりげない仕草もカッコイイ。

「こんなに早く、カナダへお発ちになるとは思ってもいませんでしたわ」

ラン・リウ九〇%とジェシーがカナダへいく日を今日と決めたのは、二日前だ。ダー子とモナコが夢の国へいった日の夜だった。ジェシーの身につけた超小型カメラからの生配信で、その一部始終を知っていた。

いくら駆け落ちでも、だれも見送りにこないのは寂しいわ。宮ノ守姉妹に空港まできてもらってもいいかしら。

ジェシーの承諾を得ると、ラン・リウ九〇%はその場でダー子に電話をかけてきた。『タイタニック』が一本つくれるダイヤモンドをデコったスマートフォンでだ。そこでこうしてダー子とモナコは馳せ参じたわけだが、じつのところ、ラン・リウ九〇%が言いださなければ、ジェシーが提案するはずだった。宮ノ守姉妹はここにこうしている必要があるからだ。

「私はもっと早く駆け落ちしたかったのよ。でもカナダで暮らすのに、いまの生活水準を落とすのは嫌だから、そのための準備が思った以上にかかっちゃってね」

駆け落ちと言えば、手と手を取りあい、行き着いた先で、貧しくも身を寄せあって生きていくというのが、世間一般のイメージだろう。モナコだってそう思う。

しかしラン・リウ九〇%とジェシーの駆け落ちはだいぶちがう。なにしろ個人で購入したダイヤモンド鉱山の収入で、暮らそうというのだ。しかもカナダまでいくのに、これから乗るのはプライベートジェットだ。二日前の生配信で、ラン・リウ九〇%が話すのを聞いたのである。それが当然の口ぶりで、さすがのジェシーも戸惑うというか、いささか引いていた。

「ふたりはまだ香港にいるつもり?」

「この地に救うべき者ありという役目は、こうして果たすことができました。なので明日明後日にでも日本へ帰ろうかと考えております」

「よかったらカナダにこない?」ラン・リウ九〇%は例のスマートフォンの画面をダー子とモナコにむける。「これが私達の愛の巣なんだけど」

すげえ。

えらく立派な愛の巣だ。豪邸というか、夢の国にあってもおかしくないつくりの屋敷なのだ。いくらなんでも生活水準が高すぎやしないか。

「部屋はいくらでもあるんで、いっしょに暮らせるわ」

「でも」

「誤解しないで。ヒカル子さんの心眼は素晴らしいけど、それを利用するつもりはないの。要所要所で視てくれるだけでいい。私はね。あなた達姉妹との友情を、ここでおわらせたくないのよ」

「友情ですか」ダー子が呟く。ラン・リウ九〇％に聞き返したのではなく、まるで独り言だった。

「ふたりといるとね。ブックカフェで読書会を開いているときよりも、ほんとの自分をさらけだすことができた。なによりもとても楽しかったわ」

「光栄です」ダー子はどこか照れ臭そうだった。

「きゃんきゃん、きゃん」

「もちろん豆助もきてちょうだい。むこうにいって一ヶ月も経てば落ち着くでしょうから、そしたら連絡するわ。考えておいてね」

モナコの脳裏に、屋敷の窓からオーロラを見上げる光景が浮かびあがった。そばにはダー子にラン・リウ九〇％、そして豆助もいる。ジェシーはいない。その代わりなのか、リチャードとボクちゃん、五十嵐までいた。そんなはずがない。あり得ない。心眼でもない。ただの妄想だ。

そもそもラン・リウ九〇%さえもカナダへいくことがない。あと十分もしないうちに、プライベートジェットをキャンセルせざるを得ない事態に陥ってしまう。それを考えると、モナコはキリキリと胃が痛む。トイレにいって正露丸を飲んでこようとしたが、ジェシーがきてしまった。

「今日はわざわざ申し訳ありませんね」

「とんでもありません。この度はおめでとうございます」ダー子がかしこまって深々と頭を下げる。モナコもだ。「こうしてふたりの門出に立ち会えることを、私ども姉妹は大変、うれしく思っております」

「いやいや、こちらこそ。おふたりの後押しがなければ、ぼくらは結ばれることはなかった。感謝しています」

「うぅぅうぅぅう」豆助が唸りだした。キャリーバッグからジェシーを睨みつけている。

「そう怒らないでくれよ、豆助くん。お気に入りの彼女を連れさっていくことになったのはすまないと思っている。許してくれたまえ」

ジェシーの肩越しに、リチャードとボクちゃんが見えた。

リチャードは青い三つ揃えのスーツにサングラスをかけている。角刈りの頭はカツラにちがいない。本人曰く、『西部警察』のダイモンケイスケをイメージしたそうだ。ただしそれがわかったのは五十嵐だけで、ダー子にボクちゃん、モナコもピンとこなかった。ボクちゃんは長髪のカツラを被って、Tシャツにジャケット、ジーンズとラフな格好だ。こちらは『シティーハンター』のサエバリョウらしい。こちらもモナコはよく知らなかった。

「悪いんだけどスマホ、借りてもいいかな」

ジェシーがラン・リウ九〇%に頼む。スマートフォンはまだ彼女の手にあった。

「あなたのは？」

「充電が切れちゃってね」

「どこへ電話するの？」

「会社だよ。じつはまだ辞める話をしていなくて」

「もういいんじゃない？　それに私達、駆け落ちするのよ。過去にはもう用がないでしょ」

振り向くな、振り向くな、後ろには夢がない。

モナコはダー子から聞いた寺山修司の詩を思いだす。

「それはそうだけどさ。一応、あいさつだけでも」

「しょうがないわね」

ジェシーがスマートフォンを受け取ったのを見計らったかのように、いや、実際に見計らって、彼の背後にダイモンケイスケ風のリチャードと、サエバリョウもどきのボクちゃんが立った。ジェシーの右肩に、リチャードが左手を置く。摑んだと言ったほうがより正確かもしれない。そして手帳らしきものをジェシーに見せる。

「け、警察？　ぼ、ぼくがなにか」

つづけてボクちゃんが四つ折りの紙を広げ、ジェシーの前にかざす。それをラン・リウ九〇%が覗きこみ、「嘘でしょ」と叫んだ。

「どうしたというんですか」すかさずダー子が訊ねる。

「ジェシーが結婚詐欺だって」ラン・リウ九〇%の声が上擦っている。

「冗談じゃないっ。なにかの間違いだっ」

「そうよ、彼はそんなひとじゃないわっ」

ラン・リウ九〇%は広東語に切り替え、リチャードとボクちゃんにむかって抗議をはじめた。だがふたりは聞く耳を持たない。左右でジェシーの脇に腕を入れ、立たせ、店から連れだしていった。ラン・リウ九〇%とダー子とモナコもそのあとを追う。

ターミナル前では五十嵐が偽のパトカーで、待機しているはずだ。ラン・リウ九〇%

には香港警察に連行すると言い残し、刑事に化けたふたりと、『タイタニック』が一本つくれるダイヤをデコったスマートフォンを持ったままのジェシーが、それに乗りこんで去っていく。もちろんむかう先は香港警察などではない。途中で偽のパトカーを乗り捨て、港に近いヘリポートへむかう。そこから彼らはなかよく連れ立ってヘリコプターでマカオへ飛び、さらにむこうの空港から日本へ帰る予定なのだ。

「うぅぅう、うぉんうぉん、うぉんぉんぉん」

モナコが肩に下げたキャリーバッグから、豆助が飛びだしていく。どこへいくのかと思いきや、ジェシー達の前に立ちはだかった。それにしては、豆助は小さ過ぎるが、いままで見たことも聞いたこともない吠え方だ。すごい剣幕で、あたかも野生の本能を取り戻したかのような迫力だ。ジェシー達はすっかり気圧され、足を止めた。右にいこうとすれば豆助も右に、左にいこうとすれば豆助も左に素早く動くので、先に進めない。

「うぉんうぉんうぉんっ。うぉんうぉんっ」

「ありがとう、豆助っ。えらいわよっ」

ラン・リウ九〇%ひとり、大喜びだ。立ち往生する三人に追いつくと、ダイモンケイスケ風のリチャードにむかって勢いよくしゃべりだした。広東語がわからないモナコでも、抗議していることだけはわかる。

「落ち着いてください」

ダー子があいだに入って、ラン・リウ九〇%を止めようと試みた。でも駄目だった。

「落ち着けるはずないでしょ。いい？　いまの私にとって、ジェシーがすべてなのよ。彼が結婚詐欺をしていようがいまいが関係ないわ。私には彼が必要なのっ」

「ぎゃぁあぁあぁあああ」

悲痛な声をあがった。ジェシーだ。右足首を豆助に嚙まれたのだ。

「そこまでしなくてもいいのよ」

ラン・リウ九〇%が注意しても、豆助はジェシーの右足首から離れようとしない。

「痛たたったたたたったたた、痛たったたた」ジェシーの叫び声はなおもつづく。ダー子に左頰を捻られたときとおなじか、それ以上の痛がり方だ。「許してくれ、豆助っ。ぼくが悪かった、お願いだ。痛い痛い痛たたったたたた」

「きょわんっ」

豆助が小さな悲鳴をあげ、ジェシーの右足首から離れた。そのそばに例のスマートフォンが転がっている。あまりの痛みに堪え切れず、ジェシーが手放したのが、豆助の頭に落っこちたのだ。

「あっ」ラン・リウ九〇%が自分のスマートフォンに気づく。いままでジェシーのことに気を取られ、忘れていたようだ。「私の」まずい。

ここでラン・リウ九〇%の手に戻ってしまったら、元も子もない。モナコは三人の前にでて、まずは豆助を左手で抱きかかえ、あたかもついでのように、右手でスマートフォンを拾う。

こっから先、どうすればいいんだろ。

そう思いながら腰を伸ばすと、目の前に手がふたつ、差しだされていた。ラン・リウ九〇%とリチャードだった。途端にふたりは広東語で言い争いをはじめた。

「そのスマホはジェシーが持っていたのだから、ジェシーのモノにちがいない、証拠品として没収すると言い張っているのよ。どこの国の警察も横暴だと思わない？　我が妹よ」

ダー子だ。あたかも文句を言っているようだが、モナコのために広東語を訳してくれたのだ。

気づけば周囲に人集りができていた。何事かと集まったにちがいないが、それにしては多過ぎる。しかも見る見るうちに増していく。犬がひとに嚙みついただけだ。ジェシーには災難だろうが、ここまでひとが集まることでもない。

「どうしたのかしら」

ダー子がぼそりと言う。彼女も異変に気づいたのだ。ボクちゃんは広東語で、リチャードとラン・リウ九〇%の言い争いをやめさせた。まわりを見ろ、なんか変だぞとでも言ったのかもしれない。

「なんだ、どうしたんだ?」ジェシーが痛みに顔を歪めながら言った。「みんな、きみを見ているぞ」

ラン・リウ九〇%のことだ。ひとびとの視線はすべて彼女に集中しているのだ。

「わ、私?」

「ラン・リウッ」ラン・リウ九〇%の真正面にいた男性が、彼女を指差してそう叫んだ。

「ち、ちがうわ、なにを言っているの、私は」

「ラン・リウッ」べつの方向から指差すひとがいた。ひとりふたりではない。瞬く間にその数が増えていく。「ラン・リウッ」「ラン・リウッ」「ラン・リウッ」「ラン・リウッ」「ラン・リウッ」

なんで? なんでなんで? なんでみんな、ラン・リウ九〇%をラン・リウだってわかったの? だれもラン・リウの顔を知らないんじゃないの? だからラン・リウが人前にあらわれてもだれも気づかなかったはずでしょ? なんでいま突然、みんながみんな、ラン・リウだってわかったのさ。なにが起きたの？

モナコはパニクった。ダー子もリチャードもボクちゃんもジェシーも呆然としている。どうしたらいいかわからず、フリーズしてしまったらしい。

「やめて、ちがうの」ラン・リウ九〇％が叫ぶ。広東語と英語と日本語で訴えている。

モナコから二メートルも離れていないが、押し寄せるひと達で近づくことができない。

「私はほんとにラン・リウじゃないのよっ。人違いだわ」

だがだれも聞き入れようとしない。ラン・リウ九〇％は胸倉を摑まれ、揺さぶられた。髪の毛を引っ張ったり、顔にツバを吐きかけたりするひとまでいる。ヒドい。あんまりだ。

「私ん友達になんばするったいっ」

ダー子だ。人混みをかき分け、ラン・リウ九〇％のところへむかおうとしている。

「きゃんきゃん、きゃんっ」

別嬪さん、いま、お助けしやすっ。

モナコの腕から抜けだすと、豆助はひとびとの頭や肩をつたっていく。そしてラン・リウ九〇％の胸倉を摑んでいた輩《やから》の顔に飛びついた。

パニクっている場合じゃない、あたしも彼女を助けなくっちゃ。

しかしあまりのひとの多さに、一歩を踏みだすのもままならない。『タイタニック』一本分のスマートフォンがまだ右手にあった。キャリーバッグ脇のポケットのひとつに詰め込む。これをなくしたら、ぜんぶがおじゃんだ。そう思った瞬間だ。タイヤがパンクしたような音が響き渡った。つづけざまに三回だ。悲鳴や絶叫、泣き声が入り混じり、あたりは騒然となった。

「伏せろっ」

ボクちゃんが隣にあらわれ、モナコの頭に手を乗っけると、ぐいと下に押したので、俯せになるしかなかった。ボクちゃんもである。大半のひと達が、おなじ格好だった。そんな中でただひとり、二十メートルほど先に男が立っていた。

だれかに似ている。そうだ、佐藤隆太《さとうりゅうた》だ。しかし本物の佐藤隆太が香港の空港で、拳銃を構えているはずがない。

拳銃？

そう、彼は拳銃を構えていた。さっきのはタイヤのパンクなどではない。銃声だったのだ。

「ラン・リウゥゥウウゥッ」

佐藤隆太似の男は、つづけて広東語でがなりたてる。するとモナコとボクちゃんの間近で、立ちあがるひとがいた。

ピンクのコートを着ている。いつもは地味でシックな装いのラン・リウ九〇%がまとっていたものだ。華やかで愛らしいと思ったのはほんの二十分前だが、遠い昔のようだ。

「やめてっ」だれかが囁くのが聞こえる。ラン・リウ九〇%だ。ただし彼女も俯せで、ピンクのコートを着たひとの足元にいた。そしてなぜだかダー子の、前髪ぱっつんのロングヘアのカツラを被っている。

だとしたら立っているのは。

「アァアァアァアイ・アァアム・ラァアン・リゥウウッ」

ダー子だ。彼女がそう言った途端、銃声が鳴った。佐藤隆太似の男が撃ったのだ。つぎの瞬間、ダー子が舞うように倒れた。モナコの頬に生温かいものがかかる。左手の甲で拭うと赤くなった。

「お姉様っ」モナコはすぐさま駆け寄る。

「サクラ子さんっ」仰向けに倒れたダー子にラン・リウ九〇%がすがりつく。

「なにグズグズしてるんですか」ダー子が呻くように言った。生きていたのだ。でも無事かどうかは怪しい。ピンクのコートの右肩が焦げつき、じわじわと赤く染まっているのだ。

「早く逃げてください。じゃなきゃ、私が撃たれた意味がなくなっちゃいます。我が妹」

「は、はい。お姉様」

「我らが親友はカツラがきちんと被れているかしら」

「だいじょうぶです」

ラン・リウ九〇%はすっくと立ち上がったものの、まだ名残惜しそうだ。

「きゃん、きゃんきゃん」

早くいったほうがいいって、別嬪さん。みんなに気づかれちゃいますよっ。

どこからともなく姿を見せた豆助も、追い立てるように吠える。ラン・リウ九〇%は踵を返し走りだす。

「我が妹よ」

「お姉様、あまりお話にならないほうが」

「『タイタニック』一本分はどこ？」

「この中です」モナコは思わず答え、キャリーバッグを軽く叩いた。

「グッジョブ」ダー子はにこりと笑う。「さすが私が見込んだ仔猫ちゃんだよ」

佐藤隆太似の男が広東語でわめいている。また銃を放つのかとモナコはビビって、声のするほうに目をむけたところ、警官と思しき制服のひと達に取り押さえられていた。

発砲の心配がないとわかったからか、俯せだったみんなは、つぎつぎ起きあがっている。みんな夢から醒めたみたいな顔つきで、ラン・リウのことなど忘れてしまったかのようだった。

「ダー子っ」「ダー子さんっ」

ボクちゃんとリチャードだ。ジェシーはどうしたのだろうと思わないでもないが、いまはダー子で手一杯だ。さらに救急隊員らしき数人が訪れ、瞬く間にダー子を担架《たんか》に乗せ、運んでいこうとする。その直前だ。

「我が妹よ」

「なんです、お姉様」

モナコは担架で横たわるダー子の口に耳を寄せた。

「ンゴ・ゴイ・ヤッマンニン」

「はい?」

広東語っぽい。でもモナコには意味がわからない。聞き返そうにも、すでにダー子は運ばれている。付いていこうとしたら、ボクちゃんに引き止められた。

「救急車には乗れないそうだ。乗せてくれって交渉したら、家族じゃなきゃ駄目だって断られたんだ。病院の名前は聞いたんで、すぐむかおう」

ならばさっきなにを言ったのか、病院で改めて訊くことができる。豆助を抱きかかえ、『To Say Nothing of the Dog.』のキャリーバッグに入れた。

「モナコちゃん、『タイタニック』一本分は？」

足早に歩きながら、リチャードがダー子とおなじ質問をしてくる。

「この中です」

ダー子に答えたときとおなじく、モナコはキャリーバッグを軽く叩いた。

14

「そりゃもう度肝を抜かれたよ。これがラン・リウの素顔だって、ネットニュースに例の結婚式の写真が載ってたんだからね」

警官の制服に身を包んだ五十嵐が興奮気味に言った。リチャード、ボクちゃん、そしてモナコの三人は彼の運転する偽パトカーの後部座席に並んで座っているのだが、ちょっとキツめだった。モナコは真ん中で、豆助が入ったキャリーバッグを膝に乗せているから尚更だった。

「ほんとだ」ボクちゃんが自分のスマートフォンを見ながら唸るように言った。モナコは覗きこんだ。記事は中国語なので読めやしない。だが五十嵐の言った写真があった。

「それであの騒ぎになったのか」

孔海東?はだいじょうぶだろうか、とモナコは心配になってきた。なにかの拍子で世にでまわったら大変なことになる。私が殺される。あなた達の命の保証もできない。そう言っていたではないか。ボクちゃんは彼のスマートフォンの番号を知っていたはずだ。ならばいま、確認を取ってもらおうか。

「なんでまたダー子ちゃんも身代わりになって命張って、ラン・リウを守ったんだろ」

五十嵐がため息まじりに言う。「結果的には肩を掠っただけだったからよかったけどさぁ。無茶にもほどがあるって」

「あの」ボクちゃんに孔海東?のことを話そうとしたときだ。

「モナコちゃんもどっか怪我したの?　平気?」

リチャードだ。ボクちゃんは長髪のカツラを取って元に戻っていたが、リチャードはまだダイモンケイスケ風だ。角刈りのカツラにサングラスをかけている。

「いえ、どこも」

「だけど左手の甲に血がついてるけど」

「ダー子さんが撃たれたとき、血飛沫《ちしぶき》が頬に飛んできて、それを拭ったんです」

「五十嵐さん、病院まだ？」ボクちゃんが訊ねた。苛立ちを堪えているのがわかる。

子どもの頃からいっしょで、私のことをだれよりも知り尽くしているひとです。

ラン・リウ九〇％にむかって、ダー子がそう言っていた。

ダー子さんとボクちゃんって、やっぱり相思相愛なのでは。

「きゃっ」モナコは小さく叫んだ。リチャードに左手の甲をペロリと舐められたのだ。

ダイモンケイスケはこんなことをしないだろう。「ななにするんですか、セクハラですよ、セクハラ。たとえ詐欺師であっても社会人としての常識を弁えていただかないと」

「血じゃない」「はい？」

「血のりだよ。偽物だ」「いえ、だって」

「例のスマホは？」「バッグの中に」

「だしてみて」

リチャードに言われ、バッグの脇にあるポケットを開く。

「え？」

スマートフォンはあった。しかしカバーがない。『タイタニック』一本分の価値があるパープルダイヤをデコったカバーがないのだ。

モナコは血の気が引いていった。

『タイタニック』一本分をそのバッグに入れたことを私以外、だれに言った？」

サングラスをかけていても、リチャードの表情が険しくなっているのがわかった。

「だ、だれってあとはダー子さんだけ」

「まさか」ボクちゃんはリチャードに摑みかからんばかりだ。あいだに挟まれたモナコはいたたまれなくなる。「ダー子が盗んだって言うのか」

「他にだれが盗む？」

「アイツがそんな真似をするはずないだろ」

「そうだ、そうだ」五十嵐がボクちゃんに加勢する。

「そうですよ。だいたいそんな機会が」そこでモナコは口をつぐむ。車内はしんと静まる。

「あったんだね」

リチャードに訊かれ、モナコは頷くだけだ。

ラン・リウ九〇％のスマートフォンがどこにあるかを教えてから、リチャードとボクちゃんが訪れる僅かなあいだである。だがダー子が盗む機会は間違いなくあった。広東語でわめく佐藤隆太似の男のほうを見たときだ。十秒にも満たない程度だったが、キャリーバッグからスマートフォンを抜き取り、カバーを外すことぐらい、じゅうぶんできただろう。

「オォォマイゴォォオッド」五十嵐が悲嘆に暮れた声をだす。「マイスイィィトハニィィ、なんてことを」

「ジェシーが見当たらなかったな」

リチャードがぼそりと言う。心の声が洩れたようだ。

「ダー子とジェシーがグルだって言うのか」

「私はそんなことを一言も言っていない。きみがそう思っているんだろ、ボクちゃん」

「それは」ボクちゃんは二の句が継げなくなった。

「でもまだそうと決まったわけではないでしょうが」五十嵐が言った。陽気な声が却って寒々しい。「だってほら、ダー子はいまからいく病院に運ばれたわけですし」

「モナコちゃんにかかったダー子さんの血はニセモノだったんだ。怪我などしていない」リチャードがため息まじりに言った。「彼女を撃った男もニセモノで、拳銃もニセモノだ。救急隊員もニセモノだろう。映画やドラマのエキストラを雇ったにちがいない。病院にダー子さんはいない。いるはずないさ」

いなかった。

ボクちゃんが聞いた病院にダー子の影もカタチもなかったのだ。

そのあと病院の駐車場に止めた偽パトカーに戻ってから、香港中の病院にみんなで手分けして電話をかけることにした。だが十分後、無駄だからやめようとリチャードが言った。その意見にだれも反論しなかった。

「いつからですかね」五十嵐が悲しげに言う。「あのふたりがグルになったのは」

「香港にくる前からだろ」リチャードが力なく答える。

「ぼくらを誘う前から？」とボクちゃん。

「そりゃそうさ。ダー子さんとジェシーはハナからパープルダイヤを狙っていたんだ。私達はラン・リウに近づくための材料として使われていたに過ぎん。人間には抗えないものがある。最たるものが愛だ。愛はすべてを狂わせる。ダー子さんも例外ではなかったわけだ。それに私達はけっして仲間ではない。むろん家族でも友達でもない。裏切るのも自由だ」

「パープルダイヤを取り返そうとは思わないんですか」

モナコは言った。言葉に力がこもったのは怒っているからだ。でもダー子やジェシーにではなく、不甲斐ない男達に対してだ。そしていまも三人からの返事はない。俯いてしょんぼりしているだけだ。

アッタマきた。

左手を握りしめると、モナコは思いっきり車の天井を叩いた。痛みをぐっと堪え、何事かと顔をあげた男達にむかって怒鳴りつけた。

「ざけんじゃねぇよ、おめえらっ。イイ歳こいた野郎共が雁首《がんくび》揃えて、やる気のないゾンビみたいな面しやがってて。てめえらキンタマついてんのかよっ」

モナコのあまりの豹変《ひょうへん》振りに男達は呆気にとられている。ちがう。豹に変わったのではない。元々が豹で、被っていた猫を脱いだのだ。

「おい、こらっ、リチャードッ」「は、はい」

「ひとの話を聞くときは、グラサン外すのが礼儀だろうがっ」「はいっ」

リチャードはサングラスだけでなく、角刈りのカツラも取る。

「私達はけっして仲間ではない。むろん家族でも友達でもない。裏切るのも自由だぁぁ？」声にドスを利かせ、リチャードにメンチを切った。「自由もへったくれもあるもんかっ。『タイタニック』一本分のダイヤを横取りされて、なに気取ったことヌカしてるんだっつうの。いいか、おらっ。ラン・リウからふんだくった一億香港ドルだって、そっくりそのままラン・リウ本人に戻しちまって、手元にねぇじゃんかよ。どうすんだよ。香港まできて、あれこれ散々やって、一銭も手に入りませんでしたただなんてラスト、だれが納得する？　冗談じゃねぇぞ。映画だったら金返せって話だ」

「きゃんきゃん、きゃん」

モナコの加勢をするように、豆助が吠えまくる。

「ボクちゃんもボクちゃんだっ」

「ぼ、ぼく？」

「おまえのボクは朴念仁《ぼくねんじん》のボクか？　それとも唐変木《とうへんぼく》のボクか？　あああん？　いいのか？　ジェシーにダー子さんを取られて、それでいいのか？　あんな顔だけの中身が空っぽのキザったらしいヤツに、ダー子さんを奪われて、い・い・の・か・よ。あんた、子どもの頃からいっしょで、ダー子さんのことをだれよりも知り尽くしているんだろ。彼女の気持ち、わかってんだろ。ダー子さんがあんたを好きだって、わかってんだろ。あんたもダー子さん好きなんだろ。ちがうのかよ。おまえがちゃんとダー子さんを引き止めておかないから、ジェシーなんぞにフラフラいっちゃったんじゃないんですかって話だよっ。恋愛も拳法とおんなじなんだ、Don't think! Feel.だっ」

熱弁しているうちに、モナコは自分がなにを言っているのか、よくわからなくなってきた。

「モ、モナコちゃん、いや、モナコさん」五十嵐が恐る恐る言った。「ちょっとイイかな」

「なに？」

「でもほら、最後の最後にあのスマホのカバーを盗まれたのは、モナコさんなわけだし」

五十嵐の指摘どおりである。だがここまできたら、ハイ、ソウデスと認めるわけにはいかない。

「そうやってなにもかもぜんぶ、あたしのせいにするわけだ」

「い、いや、私は事実を言ったまでで」

「いちばん年下の新入りで、か弱き乙女のこのあたしに、責任押っつけるなんて、マジ信じられないっ。性根《しょうね》が腐ったとんだクズ野郎だね、あんたは」

「そ、そんな」

「モナコちゃんの言うとおりだ」

「ひどいよ、ボクちゃん」五十嵐はいまにも泣きそうだ。「きみも私をクズ野郎だと」

「ちがうって。パープルダイヤを取り返すんだ」

「私もボクちゃんに賛成だ」リチャードが右手を挙げる。「ダー子さんが持っているのは確実だ。でもどうやって彼女の居場所を探す？」

居場所と聞き、モナコははたと気づいたことがあった。

「ンゴ・ゴイ・ヤッマンニン」

「なに？　なんて言ったんだい、モナコちゃん」リチャードが訊ねてくる。

「別れ際、担架に横たわったダー子さんが、あたしの耳元で言ったのさ。いえ、言ったんです」モナコは語尾を直した。いつまでも豹でいるのもなんなので、脱いでいた猫をふたたび被ることにしたのだ。「ンゴ・ゴイ・ヤッマンニンって。でもあたし、広東語がわかんないから」

「一万年愛す」ボクちゃんが言った。「っていう意味だよ。『恋する惑星』っていう映画にでてくる台詞だ」

あっ。

「ダー子さんとふたりで、その映画、ＤＶＤで見ました」

「ぼくのだな、きっと。何年か前に貸したのをまだ返してもらってない」

「フェイ・ウォンがでてて、彼女の歌が流れるヤツだろ。公開時に劇場へ見にいったな。懐かしいなぁ。好きだったよ、あの映画」

リチャードは歌を口ずさむ。ちょっと調子っぱずれだが、フェイ・ウォンの『夢中人』にちがいなかった。

「私も中学んときに劇場で見ました」

「五十嵐くんが中学生だった？　そんな昔か」

「間違いありません。一九九五年の夏休みでした」

「四半世紀近くも前？」リチャードは薄くなった前髪に触れる。「私も歳を取るわけだ」

〈一万年愛す〉は『恋する惑星』の前半の話に登場する男性の台詞だった。彼のことを日本人っぽい顔だとモナコは思っていたのだが、ダー子に聞いたら、その役者のお父さんは日本人だった。刑事を演じる彼が、常にポケベルを持参している。そのパスワードがこの〈一万年愛す〉なのだ。

「ダー子さんとジェシーが、ニューヨークにいた頃の遊び、みなさんはご存じですか」

男三人、きょとんとするだけだ。知らないらしい。

「どちらかが映画の台詞を言ったら、もう片方はその台詞がでてきた場面のロケ地を探しだして、一時間以内にふたりでそこで落ちあうという遊びです。ニューヨークはそこかしこで映画を撮影しているから、ネタには困らなかったとダー子さんは言っていました。もしかしたら『恋する惑星』の中で、〈一万年愛す〉という台詞がでてきた場所に、ダー子さんはむかったとは考えられませんか」

「そりゃ変だよ、モナコちゃん」リチャードが眉間に皺を寄せる。「ダー子さんは私達を裏切ったんだ。そんな彼女がどうして自分の居場所をきみに報せる？　それもそんな回りくどい言い方で」

「あたしはダー子さんが裏切ったとは思えないんです」

「でも実際、彼女はニセモノの血で撃たれたフリをして、きみからあのスマホのカバーを奪っていったんだよ」

眉間のみならず広い額にまで、リチャードの皺が増加していく。

「あたし達を裏切ったフリをした。そうは考えられませんか」

「どうして？」

「ジェシーをダマすためです」

「なんのために？」

「わかりません。でもなにか理由があるはずです。敵をダマすにはまず味方からと言うじゃないですか」

重ねて訊ねていたリチャードが口をつぐんだ。とは言ってもモナコの意見に賛成というわけでもなさそうだった。

「他に手がかりがないんだし、ともかくいってみましょうよ、リチャードさん」五十嵐はそう言うと、ハンドルの斜め前にあるカーナビのほうをむく。「で？　モナコちゃん、その台詞を言ったロケ地はどこなわけ？」

「どこと言われましても」

「わからないの？」

「その台詞を言ってたのは覚えているんですが、場所までは」

「三カ所だよ」ボクちゃんが口を挟んできた。「金城武《かねしろたけし》が演じる刑事は映画の中で三度、〈二万年愛す〉と言うんだ。一回目は『ミッドナイト・エクスプレス』っていうテイクアウト専門の小食店にある備え付けの電話で、二回目は『マクドナルド』の前で、ただしこれは場面に台詞が被さるだけに過ぎないけどね。そして三回目はグラウンド脇にある建物の中」

「なんでそんなによく知っているんだ？」

リチャードが不思議そうに訊ねた。

「じつを言うと今回、空いた時間にひとりで足を運んでて」ボクちゃんが照れ臭そうに答えた。「他のロケ地もね。聖地巡礼ってヤツさ。ただし『ミッドナイト・エクスプレス』はもうなくなって、コンビニになってた。『マクドナルド』は北京道《ペキンロード》のほうで、グラウンドは馬頭囲《マータウワイ》のほうにある」

「こっからだとマックのほうが近いけど、まずはそっちにいくかい」

カーナビを操作しながら五十嵐が、だれにともなく訊ねてきた。なぜかモナコの脳裏に歓声に沸くグラウンドが浮かんだ。応援席ではチアガールが、飛んだり跳ねたりしている。

ダー子さん？

「グラウンドを先にしましょう」

気づけばモナコはそう言っていた。しかもヒカル子っぽい口ぶりでだ。

「なにかお告げがあったとか？」リチャードが冷やかすように言う。「なにしろモナコちゃんは万馬券を的中させたからな」

「あれは偶然ですって」

「いまでもあの馬券、買っておけばよかったって、悔やむんだよなぁ」

言葉どおり悔しそうにしながら、五十嵐が偽パトカーのエンジンをかけた。

15

「マジですか」「嘘だろ」「ほんとにいたじゃん」

リチャード、ボクちゃん、五十嵐がつづけざまに言う。モナコもオペラグラスを当てている我が目を疑った。

偽パトカーの右側の車窓から、他の三人も双眼鏡、望遠鏡、望遠レンズ付きのカメラで、道を挟んでむこうにあるグラウンドを見ていた。

いままさに試合の真っ最中だ。野球かと思いきや、球の大きさや投手の投げ方からして、どうやらソフトボールらしい。選手はイイ歳をしたオジサンばかりである。正直、あまり上手くない。いまも内野手がふつうのゴロをトンネルしてしまったところだ。これを逃してはなるまいと、打者が一塁へ全力で走る。両チームの応援席は大盛り上がりだ。観客はそれぞれ三十人前後で、八割方は女性だった。子ども連れも目立つ。声援は言葉までは聞き取れなくても、日本語と英語と広東語が入り混じっているのはわかった。

だがなにより注目すべきは一塁側の応援席のチアガールだ。ぜんぶで七人、その中のひとりがダー子なのだ。ここへくる前にモナコの脳裏に浮かんだ光景が的中していたのである。

「モナコちゃんって、ほんとに宮ノ守一族だったりして?」

長さ三十センチ程度の小型望遠鏡を覗きながら、リチャードが言った。冗談めいた言い方でも、本気で疑っているようだ。

「なにやってんだ、ダー子は?」ボクちゃんは双眼鏡だ。カシャリとシャッターを切る音がする。「なんで五十嵐さん、写真撮ってるんですかっ」

「だってボクちゃん、彼女のチアガール姿なんて、滅多に見られるものじゃないだろ」

チアガールの中で、ダー子はあきらかに最年長だ。ダンスは常にワンテンポずれて、足も全然あがっていなかった。なによりもだいぶお疲れ気味だった。モナコ達にはまだ気づいていないようだ。当然ながら肩に怪我は負っていない。

「どうする？　気づかれないようにグラウンドに入って、ダー子さんを取っ捕まえるかい」

リチャードがそう言ったときである。左側の車窓をノックする音がした。一同は慌てて目に当てていたものを隠し、そちらをむく。男が立っていた。スーツ姿でも筋骨隆々な体格だとわかる。彼は腰を屈めて、ふたたび窓をノックした。助手席から運転席側に移って、五十嵐が窓を開く。

「みなさま、ダー子さんのお知り合いの方ですよね」

男性は日本語で訊ねてきた。五十嵐が広東語で言い返す。なんのことだと否定しているにちがいない。男性はそんな五十嵐の顎を左手で支えるように持った。つぎに右手でスーツのポケットから拳銃をだし、その銃口を五十嵐の口に差し込む。あまりに自然な動きなので、五十嵐自身もなにが起きたのか、よくわかっていない様子だった。

「申し訳ありませんが、車から下りて、わたくしといっしょにきていただけませんか。妙な真似はぜったいなさらないでください。そのときはわたくし、この引き金を引かざるを得ません。わたくしもごくふつうのサラリーマンですので、これ以上、ひとを殺めたくないんです。ご協力のほど、よろしくお願いします」

これ以上って。いままで、ひとを殺めたことがあるの？　ごくふつうのサラリーマンが？　どんな会社なわけ？

江口洋介《えぐちようすけ》だ。

いや、ちがう。人気実力派俳優が平日の昼間、香港のグラウンドで、ユニフォームに身を包み、ベンチに座っているはずがない。背番号は3、その上には『AKABOSHI』と綴ってあった。

赤星ってまさか。

「赤星栄介？」リチャードが唸るように言った。

「どうしてアイツがここに？」これはボクちゃんだ。

「わたくしの上司です」筋骨隆々の男性が言った。「わたくし公益財団あかぼしで、香港支社長を務めております。ごくふつうのサラリーマンとしましては、名刺をお渡ししなければならないところなのですが、なにせいまは手が塞がっていますので、どうぞご了承ください」

彼の手には相変わらず拳銃があった。その銃口は五十嵐の口ではなく、脇腹に突きつけられていた。

偽パトカーを下りてから、香港支社長に言われるがまま、グラウンドに入った。いまいるのは三塁側の応援席のうしろだ。香港支社長を含め、五人で一列に並んでいた。豆助もいっしょだ。モナコが提げたキャリーバッグの中でおとなしくしている。

チアガール姿でボンボンを振り回すダー子の後ろ姿が、観客の隙間に見え隠れしていた。

「これは公益財団あかぼしの本社と香港支社の交流試合でしてね。わたくしは支社長なんですが、球技は全般苦手なもので、今日は雑用係に徹しているんです」

「ひとに銃をむけるのも雑用なのか」

リチャードは皮肉のつもりで言ったにちがいない。しかし香港支社長は「そうです」と顔色ひとつ変えずに答えた。「最終回の裏でワンアウト、もうじきおわります。そのあとみなさまに会長からのお話がありますので、しばらくお待ちください」

「ジェシーはどこだ?」リチャードが訊ねた。「ダー子や私達を知っているんだ、ジェシーのことも知っているんだろ?」

「ということは、みなさまもジェシーをご存じない？　そうですかぁ。おっかしいですねぇ。午後一時にはダー子さんとこのグラウンド前で落ちあう約束だったんですよ。なのに二時間経ってもまだ姿を見せていません」

「待ってくれ」ボクちゃんは握りしめた右手を、額に当てている。「ダー子とジェシーはやっぱりその」

「グルです」香港支社長はなんの躊躇いもなく言った。「ふたりは香港へくる前から手を組んで、ラン・リウのパープルダイヤを盗む計画をたてていた。みなさまはその計画のために利用されたわけです。これはもう、お気づきになっていらっしゃいますよね?」

「なっていらっしゃるさ」リチャードの眉間から広い額にかけて皺だらけになる。「わからんのは赤星との関係だ。アイツもグルなのか」

「会長はだれともグルにはなりません。金と暴力を使って、ひとを従わせるだけです。かく言うわたくしもそのひとりです」

「ダー子が赤星に従うはずがない」

ボクちゃんがきっぱり言い切る。熱血教師が不良生徒を庇っているみたいだ。カッコイイ。こんなときにもかかわらず、モナコは彼に見蕩れてしまった。

「そのとおり。ジェシーひとりが会長に従い、そのためにダー子さんをダマしてグルになったのです」

「ラン・リウのパープルダイヤを盗むためにか」とリチャード。

「そちらは会長にしたらオマケみたいなものです。映画の『タイタニック』が一本つくれるほどの値段で、覇者の印だというダイヤが、オマケというのもおかしな話ですが」

　ふふふ。香港支社長はひとりで小さく笑った。

「本来の目的は会長から二十億円をダマしとった、ダー子さん、リチャードさん、ボクちゃんさんのお三方です。会長はお三方が目の前で泣いて命乞いをする姿を、毎日思い描いていました。ところがなかなか見つけだすことができない。すると思いがけないところから、ダー子さんの情報を得ました。我が財団の南米支社で働く現地スタッフが、ダー子さんを知っていたのです。十年ほど昔、ある男に雇われ、密輸団だと名乗り、彼女を拉致したことがあったと。その男こそがジェシーでした。ヒドい男ですよ。ダー子さんと稼いだ金を身代金として、自分が雇って密輸団を名乗らせたひと達に渡し、独り占めにしたそうです。右肩を撃たれた芝居まで打ったというのですから、念がいっています」

「そんなことがあったのか」

　リチャードがひとりごちる。ボクちゃんも愕然としていた。

「会長がジェシーを探していると裏社会に情報を流したところ、沖縄のリゾートホテルでナンパされたという女があらわれました。ジェシーとのツーショットを持参して、我が公益財団あかぼしの本社を訪れたのです。すぐさま沖縄からジェシーを呼び寄せ、会長がお三方の話をすると、ダー子さんは都内の高級ホテルのスイートルームにいるはずだと言いましてね。いますぐそこへ案内しろといきり立つ会長を宥《なだ》め、少し時間をくれという。しばらくしてお三方がここ香港の『射手座集団』総帥、ラン・リウをターゲットにして動きだしている情報を得てきました。そして彼は会長にこう申し出たのです。ぼくがダー子を操り、リチャードとボクちゃんをじょうずに使って、ラン・リウが所有するパープルダイヤを手に入れてみせましょう、と。そのあとにお三方を会長に渡す約束までしました。あれこれあって、ジェシー本人はいまここにいない。でも大方はウマくいったわけです」

「ダー子はジェシーが赤星の手先だと知らなかったのに」リチャードが訴えるように言う。「どうしていま、チアガールの恰好で、赤星のチームを応援している?」

「会長がここにきてからまだ三十分経っていません。途中参加でしてね。ダー子さんはジェシーがなかなかこないので、グラウンドに入ってきて、こちら側の応援席で、試合を観戦していたんです。やがてまわりのひと達といっしょに応援をはじめて、チアガールといっしょに踊りだして、気づいたらあの恰好になっていました。聞いた話だと、チアガールの子がひとり欠席で、ユニフォームが余っていたらしい。それをダー子さんはトイレで着替えたそうです。会長もきたときにビックリしていましたよ。でもダー子さんはにっこり微笑みかけるだけでした。逃げたりせずに、ああして応援をしつづけていらっしゃる。たいしたタマです」

「ジェシーがきていたら、どうするつもりだったんだ?」リチャードが訊ねた。「まだ試合がおわるまで時間がかかりそうだし、よかったら聞かせてくれ」

「あそこで」香港支社長はグラウンド脇の建物を指差した。『恋する惑星』で金城武演じる刑事が〈一万年愛す〉の台詞を言った場所だ。「ブラックマーケットの売人を呼びつけ、パープルダイヤを鑑定してもらい、話がつけばその場で売ることにすると、ジェシーはダー子さんに嘘をついていたんです。そこにソフトボールの試合をおえた会長が乗りこんでいき、種明かしをしたあと、ダー子さんにリチャードさんとボクちゃんさんを呼びだすよう脅すはずでした。ところがジェシーがこないのに、おふたりがいらしてしまった。どうやって、ここがおわかりになったんですか」

「神のお告げさ」

「なるほど」リチャードの返事に、香港支社長はあっさり同意した。「おかげで手間が省けました。さすがは神様だ。ところでみなさんは『恋する惑星』という映画はご存じですか」

え？

「ご存じもなにもこのグラウンドがあの映画にでてくるじゃないか」とボクちゃんが言った。

「そこまで知っていらっしゃるとは」香港支社長は同好の士を見つけたとばかりに、うれしそうに笑う。『恋する惑星』はマイフェイバリットムービーでしてね。さきほど言いましたように、球技はからきしダメなのに、ここを使いたいがために、会社でソフトボール部を設立したくらいでして」

ひと際、大きな歓声が起こった。赤星がバッターボックスにむかっている。

「五対八で香港支社のリードですが最終回裏、本社チームの攻撃、ツーアウト満塁で我が上司である会長に打順です」

「デキ過ぎだな」リチャードが鼻で笑う。「これで赤星が逆転ホームランを打とうものなら、とんだ八百長だ」

「よくおわかりで」香港支社長は感心したように言った。「こういうゲーム展開になるよう、本社と香港支社のチームで海を挟んでミーティングを重ね、今日に挑みました。もちろん会長は知りません」

「サラリーマンも詐欺師みたいなことをするんだな」

ボクちゃんが呟く。皮肉ではなく、思ったことを口にしただけのようだ。

「おい、あれ」リチャードが驚きの声をあげた。「赤星のお尻のポケットに入っているのって」

「パープルダイヤです」香港支社長が乙に澄ました顔で言った。「まだスマホのカバーにデコったままですがね。ダー子さんの荷物から頂きました。会長は早速、その効果を試したいとおっしゃって、ああして身につけたわけでして」

カキィィンと快音がグラウンドに響き渡る。赤星が初球を打ったのだ。球はぐんぐん伸びていった。パープルダイヤがいきなり威力を発したのかと思いきや、ファールだった。

「あぁぁあ」香港支社長が肩を落とす。「ホームラン打ってもらわないと困るんですよねぇ。わたくし達の努力が水の泡になってしまう。みなさまも会長がホームランをだすよう願ってください」

「莫迦言うな」リチャードが吐き捨てるように言った。

「でもそうすれば会長の機嫌がよくなりますよ。そしたらみなさまの処分の仕方がだいぶ変わってきます」

「しょ、処分の仕方って」五十嵐が悲鳴に近い声をあげる。「みなさまもできるだけ楽に、処分してもらったほうがいいでしょう？　会長が上機嫌であれば、頭に一発ズドンで済みます。これならするほうも簡単で、気持ちも楽です。ところが機嫌が悪いときの会長は、クレーンに吊して、深夜の海に出し入れしろだとか、ベッドに縛り付けて毎日十センチ角ずつ皮膚を剝げだとか、無理難題をふっかけてきまして」

「あ、あの」五十嵐が小さく手を挙げた。「赤星会長の逆鱗に触れたのは、ダー子にリチャード、ボクちゃんの三人で、私の名前はでていませんでしたが」

「だからなんです？」香港支社長は顔をしかめる。「関係ないから逃がしてくれと言うんですか。あなたもお三方の仲間でしょう？」

「仲間ではありません。いっしょに仕事をしているだけです」

「それを仲間というんです」

「いや、でも我々の稼業は」

「モナコちゃんは許してやってくれ」なおも食い下がろうとする五十嵐を遮り、ボクちゃんが言った。「まだ若くて将来がある。詐欺師から足を洗って、ふつうに暮らしていくことができる」

「許すもなにも、モナコさんを処分する気などさらさらありません。ただし今後も詐欺師として精進していくべきでしょう。なにしろ世界一のコンフィデンスマンであるお三方を見事、ダマし通せたのですからね。こんなに若くて、経験も足りないお嬢さんなのに見事なものです。末恐ろしいとも言えますな」

それ、いま言っちゃうかなぁ。

モナコは深くこうべを垂れた。だれとも目を合わせたくないからだ。それでもリチャード、ボクちゃん、五十嵐の視線を痛いほど感じた。

「モナコちゃんが、そっち側の人間？」

リチャードが言った。声が震えている。怒りからか哀しみからか、その両方かもしれない。

「ぼくたちのやることなすこと、モナコちゃんからぜんぶ筒抜けだったのか」

ボクちゃんの声は擦れて、聞き取りづらいくらいだった。

そうです。ほんとにごめんなさい。詐欺師の割には気がよくて、仲間じゃないというくせして、めちゃくちゃなかよしのあなた達を、あたしはダマしていました。心から反省しております。

「嘘だろ、モナコちゃん。嘘だって言ってくれよぉ」

五十嵐さんは芝居がかっていて、どこか嘘くさい。詐欺師としてはどうかと思うが、それでもモナコの胸にはじんときた。

できれば嘘ですと言いたい。こんなオジサンの言うことなんて信じないでくださいと訴えたい。でもできない。

ぜんぶほんとだからだ。


一年ほど前のことだ。モナコはロクデモナイ男とツルんで、美人局《つつもたせ》で稼いでいた。だがある日、カモったオジサンが背中に彫り物をした、その筋の者だった。俺のシマで美人局をやるなんてイイ度胸しているじゃねぇかと、逆に脅され、乗りこんできたロクデモナイ男ともども、ボコボコにされた。気づいたら渋谷の裏道に、ひとりきりでゴミのように捨てられていた。

だいじょうぶかい、きみ。

王子様が声をかけてきた。これは夢だと思ったが、その王子様がジェシーだったのだ。

当時、彼は中目黒《なかめぐろ》の高級マンションに住んでおり、モナコをそこへ連れていってくれた。怪我を手当てしてくれただけでなく、いっしょに暮らすことにもなった。

ジェシーが女を食い物にする恋愛詐欺師だと知るまで、さほど時間はかからなかった。

そしていつの間にか、モナコはその仕事を手伝うようにもなった。というか、彼はそのためにモナコを拾って〈飼って〉いたのである。オサカナの女に近づくと、なかよくなって、信頼を得たところで、あたしの兄と会わない？　と切りだすのだ。もちろんその兄とはジェシーである。はじめは三人で食事にいき、あとはジェシーがうまくやってみせた。

ある日突然、動物愛護センターにいき、ワイアー・フォックス・テリアを譲り受けてきて、ペディグリーペット詐欺をしたこともあった。だがなかなかウマくいかず、結局は中目黒のマンションで飼うことにした。これが豆助だ。

同棲して、仕事も手伝い、身体の関係もありはしたが、ジェシーには、おまえは俺の女でもなんでもない、師匠と弟子、いや、飼い主とペットのようなものだと、釘をさされた。要するにカノジョ面をするなということだなとモナコは理解し、逆らわなかった。ときにはジェシーに殴られたり蹴られたりもしたが、愛のムチだと思って堪えた。ただし豆助にまで乱暴をふるおうとしたときは、必死に止めた。豆助を殴るなら、あたしを殴ってくださいと言ったのだ。ジェシーはなんの躊躇いもなく、モナコを殴った。だがどんなヒドい目にあっても、彼から離れはしなかった。その反面、信じられないくらい優しいときがあるからだ。人生はだれかを愛するためにある、本当に愛してくれているのがだれなのか、いまわかった、きみがいなければ、ぼくは生きていくことができないと甘えてくることもあったからだ。

すげぇぞ、モナコ。大仕事が舞いこんできた。生涯、遊んで暮らせるくらいの大金が手に入る仕事だっ。

オサカナをさがすと沖縄にでかけていたはずのジェシーが、不意に帰ってくるなり、そう言った。

いいか。三日後、都心にある高級ホテルのカフェにダー子っていう女があらわれる。長澤まさみによく似た女だからすぐわかるはずだ。豆助を連れてって、その女にペディグリーペット詐欺を仕掛けろ。俺は彼女に顔を知られているんで、詐欺師仲間とやってくれ。ただし失敗してもかまわない。むしろ失敗して、ダー子の気を引いてから、弟子にしてくださいって頼め。そして四六時中、ダー子にくっついて、アイツがなにをしているか、俺に報告しろ。いいな。これが大仕事の第一歩だ。しくじるんじゃねぇぞ。

かくしてモナコは見事、ダー子の懐に入っただけではなく、ラン・リウをダマすため、宮ノ守姉妹の妹役という大役まで任された。

ボクちゃんのヘルメットにしかけたカメラが、ジェシーの姿を捉えているのを見たときには心底驚いた。ジェシーに理由をたしかめたが、おまえはおまえの役目を果たせばいいのだと言われただけだった。その後、ブックカフェの読書会にいたときはまだしも、Don't think! Feel.の寺で、ダー子と接触したときは、なにが起きているのか、わからなくなった。

そうなのだ。モナコはダー子とジェシーがグルだったとは、いまのいままで知らなかったのである。

ジェシーにダマされるのはいい。慣れっこだ。だけどダー子にダマされていたのはショックだった。

待てよ。たしかにダー子さんはあたしをダマした。でも信じてくれていた。だからあのとき、この場所を教えるために、あたしに〈ソンゴ・ゴイ・ヤッマンニン〉と言ったのだ。

「きゃんきゃん、きゃん」

キャリーバッグの中で豆助が吠えている。

どうした、モナコ。なに泣いているんだ？　お腹痛いのか。だれかにいじめられたのか。ジェシーか。ジェシーにまた殴られたのか。でもアイツのヒドい香水の匂いはしないぞ。

「みなさま、どうかモナコさんを責めないでやってください」香港支社長が言うのが聞こえた。「彼女は自らの仕事を全うしたに過ぎません。むしろ経験の浅い若いお嬢さんにダマされたみなさまに問題があると思いますよ、わたくしは」

モナコは顔をあげる。ちょうど観客席の隙間にチアガール姿のダー子が見えた。ちょうどこちらを振りむいたときで、目があった。彼女は天真爛漫と言っていい笑顔だった。

Don't think! Feel.

だれかが言うのが聞こえた。

考えるな、感じろ。

コントロールできない威力ってどんなの？　カメハメ波みたいのができちゃったりするわけ？

ラン・リウ九〇％が言ったのを思いだす。そうだ、いまこそコントロールできない威力を発揮するときではないか。モナコは右手を握りしめる。堅く、強くだ。そしてカァメハァメと胸の内で呟きながら、肘を曲げた状態で右腕を引く。

「ハァアァアァアァアァアッ」

モナコは満身の力をこめて、香港支社長の鳩尾に右の拳を突き刺した。

「うごぉっ」

香港支社長は身体を半分に折ると、崩れるようにして、その場に倒れこんだ。ボクちゃんが飛んできて、彼の手から拳銃を奪う。

「ダー子さんっ。逃げますよっ」

モナコが叫ぶと、バットの快音がふたたび聞こえてきた。赤星が球を打ったのだ。みんながその球の行方に目をむけている。モナコも危うく見てしまいそうになったところを、「いこう」とボクちゃんに右手首を引っ張られた。

「入った?」「入ったっ」「ホームランだっ」「満塁逆転ホームランッ」

観客席が沸きに沸く。本社と香港支社のチームの海を挟んだミーティングが実ったのである。めでたいことだ。モナコはボクちゃんに引っ張られ、走りながら思う。

すると目の前を黄色いカブト虫が横切った。錯覚や幻覚ではない。フォルクスワーゲン・タイプ1、いわゆるビートルが金網を突き破って、グラウンドに飛びこんできたのだ。歓声が悲鳴に変わり、みんなは蜘蛛の子を散らすように去っていく。

黄色いカブト虫はさらに突き進み、赤星にむかっていった。一塁へいくはずがマウンドのほうへ方向転換した途端、赤星は足を絡ませ、すっ転んでしまった。日本のゴッドファーザーも形無しだ。そんな彼の前に黄色いカブト虫は止まる。そして運転席から下りてきたのは、金髪にサングラス、そしてカーキ色のレインコートを羽織った女性だった。『恋する惑星』の前半の話に登場した、人殺しも厭わない麻薬の密売人の女と寸分違わないいでたちである。だが間違いなくラン・リウ九〇%だ。彼女が助手席のドアを開き、引きずりだしたのはジェシーだった。

「きゃんきゃん、きゃん」

豆助がキャリーバッグからでて、黄色いカブト虫へと一目散に走っていく。ダー子もまたそちらにむかっているのが見える。

「私達もいこう」リチャードに言われ、ボクちゃん、モナコ、五十嵐もむかう。


「こん男から話は全部聞いた」

ラン・リウ九〇%が低い声で言った。博多弁だ。〈こん男〉はジェシーにちがいない。彼は両手両足を縛られ、口に粘着テープを貼られており、車から引きずりだされたものの、地面に転がっている。はたしてラン・リウ九〇%はどうやって、ジェシーから話を聞きだしたのだろう。彼の服ときたらずたぼろに引き裂かれ、身体中にミミズ腫れができていた。それだけではない。髪の毛が真っ白になっている。

「ウチばダマすとはよか度胸やっ。生きて香港ばぁでられるぅと思いなしゃんなやっ」

「あなたをダマした？　なんの話でしょう？」身体についた土を払いつつ、赤星は立ちあがった。「私は善良な市民ですよ。会社のみんなで楽しくソフトボールをしていたところだ。それをきみ、車で突っこんでくるなんて非常識極まりないですな」

「善人面しなしゃんな。へどがでる」ラン・リウ九〇％は吐き捨てるように言った。

「お尻のポケットに入っとるもんば渡しんしゃい」

「嫌だと言ったら？」

「嫌だとは言わせない」

ボクちゃんだ。香港支社長から奪った拳銃を赤星の後頭部に突きつけたのだ。

「これはこれは。ひさしぶりだな。きみはボクちゃんか。そちらはリチャード。そしてダー子。キャビンアテンダントの制服もよく似合っていたが、チアガールも悪くない。そそられるな」

「赤星さんもユニフォーム姿、素敵ですよ」

ダー子はそう言いながら赤星に近づき、彼のお尻のほうへ手を伸ばす。

「サクラ子しゃん。いえ、ダー子しゃん」ラン・リウ九〇％がコートのポケットから拳銃をだして、ダー子にむけた。「そりゃあ、ウチんもんばい。返してくれん？」

「返したいのは山々なのですが、そうもいかないんです。ごめんなさい」

「ごめんですめば、警察は必要ないでしょうがっ」

香港支社長だ。いつの間にか駆け寄ってきた彼は、そう叫んでダー子にタックルを食らわした。ダー子のむこうにいたボクちゃんも巻き添えを食らい、三つ巴でグラウンドに倒れていく。

サイレンの音が聞こえてくる。パトカーがグラウンド前に何台も止まる。だれかが呼んだにちがいない。それはそうだ、ソフトボールの試合中に車が突っ込んできたのである。

「会長、ひとまずこの場はお逃げください」

香港支社長が叫ぶ。彼の言うとおり、赤星はラン・リウ九〇%からダー子が盗んだパープルダイヤを盗んで、身につけているのだ。警察と鉢合わせになるのはまずいのだろう。

「わかった。よくやったぞ。おまえのことは、この先ずっと面倒見てやるからな」

「ありがとうございますっ」

赤星に言われ、香港支社長はうれしそうに答えた。サラリーマンの鑑だ。

赤星は反対方向へ走っていく。

そうはさせるかと、赤星のあとをモナコが追おうとすると、また右手首を引っ張られた。でも今度はボクちゃんではなかった。ダー子でもリチャードでも五十嵐でもない。

「いくばい」

ラン・リウ九〇%だった。

16

「発端は私でした」

鈴木さんが言った。〈前田敦子〉だ。だがいまはTシャツに短パンというラフな格好で、髪はピンク色ではないし、肌は浅黒いどころか透きとおるように白い。〈前田敦子〉のときよりもずっと前田敦子にそっくりだった。

「五ヶ月前、ダー子さんに仔猫をやらないかと電話をもらったとき、私はアパートの自室で、睡眠薬を大量に飲んで、自殺を図っていました」

なんとも、穏やかならぬ話だ。

「結婚詐欺にあったんです。借金までして合計三千万円、その男に貢ぎました」

「その男がだれあろう」ずずずずとダー子は揖保乃糸を啜った。「ジェシーだったわけよ。もちろん名前を変えてはいたわ。写真は一枚も撮らせなかったけど、鈴木さんの証言から詐欺師の知り合いで、似顔絵が上手いひとに描いてもらったんだ。それだけじゃない。彼がつけてた趣味の悪い香水を鈴木さんに嗅いでもらって」

「いつも彼からその匂いが漂っていました」と鈴木さん。「私はイイ匂いだと思ってましたが」

「鈴木さんのアパートってどちらです？」モナコは訊ねた。

「埼玉県の蕨《わらび》市です」

恵比寿で釣ったオサカナが埼玉で暮らしていた話をジェシーに聞いたことがある。彼はそのオサカナをワラビ女と呼んでいた。思ったよりも金を持っておらず、三百万円しか稼げなかったとも話していた。それが三千万円だったとは。なんにせよ、そのお金で沖縄へいったにちがいない。

「そこで私は鈴木さんの仇を討つため、ジェシーをオサカナに決めた」

「でもあのヘッポコ詐欺師が大金を持っているとは思えない。ずずずず」とリチャードも揖保乃糸を啜りながら言った。

「その頃、ぼくは遊園地でヒーローショーのバイトをしてて、キンタギンコと会ったんだ」

キッチンからボクちゃんの声がする。追加の揖保乃糸を茹でているのだ。

「赤星栄介が詐欺師を片っ端から締めあげて、自分から二十億円奪いとった三人の居場所を聞きだそうと、躍起《やっき》になってたんです」

これはキンタだ。

「ひどいんですよ、キンタなんてそのせいで右手の指三本、折られちゃったんですから」

その隣にギンコもいる。ふたり並んで、やはり揖保乃糸を啜っていた。そもそも揖保乃糸はキンタギンコが日本から昨日、持ってきてくれたのである。

「我々三人を見つけるために、赤星はジェシーを探しだしてもいた」とリチャード。

「なんでジェシーのことがわかったのかと思ってたけど、あの香港支社長さんの話を聞いて納得したよ。それはイイとして、ぼくらの兄弟をリンチするなんてヒドい、赤星許すまじとボクちゃんは憤っているし、ならばいっそのこと、ジェシーを使って赤星から金を奪おうって私が提案したんだ」

「もちろん、私は大賛成したわっ」ダー子が鼻息を荒くする。「オサカナ追加っ。二匹同時に釣りあげちゃおっ。海鮮丼祭りじゃいっ。やっぱりボクちゃんとリチャードはサイコーだと思ったね。あ、もちろん五十嵐もだよ」

「ついでに言わないでくれ」五十嵐が苦笑する。「でもうれしいぜ、スイートハニー」

「その頃、ジェシーが沖縄にいってるのは、鈴木さんに聞いてわかった」

「アイツ、莫迦なんですよ」嬉しそうに鈴木さんが言う。「べつの女と間違えて、捨てた私のところに、いま沖縄いるんだって、ホテル前でだれかに撮ってもらった写真をメールで送ってきたんです」

べつの女はあたしだとモナコは気づいたが、言わずにおいた。

「そして私はこの子を連れてそのホテルへむかった」

「はじめまして、矢島理花です」リチャードの隣の席の子がぺこりと頭を下げた。「以前はスリをやっていましたが、いまは詐欺師の勉強中です」

「ジェシーはオサカナを物色していてね。その合間に若い女の子をナンパしてた」

「あたしも声かけられたんですよぉ。ランチを一回しただけですけどぉ」

「そのツーショットを私が撮影して、理花ちゃんに持たせて、赤星のところにいかせたんだ」

「公益財団あかぼしの受付に、リチャードさんが撮ったその写真を見せたら、赤星さんが直接、会ってくれたんですぅ。あたし、ジェシーよりも、ああいう渋いオジサン、好みなんですよねぇ」

「こうして私達の思惑どおり、赤星とジェシーが繋がった。つぎはふたりが食いつきそうなエサを考えなくちゃならないとテレビを見ていたら、香港でラン・リウの横暴に対するデモが起きてて、鉢巻さんがひょっこり画面にあらわれた」

「あれをダー子さんが見ていたなんて、思いもしなかったなぁ」

そう言ったのは佐藤隆太似の男性だ。名前は鉢巻秀男である。さきほど自己紹介してもらったのだ。彼こそが空港でダー子にむかって発砲した男なのだ。でもこれは正しくない。持っていた銃はただのモデルガンだった。ホンモノそっくりの音はしても玉はでてこなかったのである。警察に連行されたものの、それがわかると指紋を取られたり、書類を書かされたり、説教を受けたりしたものの、三時間ほどで釈放されたという。

「そこで私、ダー子はビビっときたわけですよ。ラン・リウこそがエサに相応しいってね」

「ちょび髭さん、ざるを取ってください」ふたたびボクちゃんの声がした。

「よろこんでぇ」

キッチンにはもうひとり、ちょび髭という男性もいた。ダー子がはじめましてと挨拶すると、はじめてではありませんと彼は答えた。競馬場で会っていますという。なんと彼はラン・リウ九〇%の執事だったのだ。正しく言えば、その役柄を演じていたのである。ボディガードは五十嵐が調達した役者の卵だったとも、ちょび髭は教えてくれた。

「それでダー子さんは」モナコは自分の左隣に座るラン・リウ九〇%に目をむけた。金髪のカツラをとって、サングラスもかけていない。「あなたにラン・リウを演じてほしいとお願いしたわけですか」

「ええ、そうよ」

ラン・リウ九〇%がうっすら笑った。いや、九〇%ではない、なにせニセモノだったのだ。ラン・リウ〇%だ。


いくばい。

逃げだす赤星のあとを追おうとしたとき、ラン・リウ〇%に、右手首を引っ張られた。そして彼女の黄色いカブト虫に乗った。すでにダー子、リチャード、ボクちゃん、五十嵐、豆助も乗っていた。


飛ばすよっ。

運転席に座ったラン・リウ〇%は一言そう言うと、黄色いカブト虫を発車させた。信じ難いスピードで、追いかけてきたパトカーをすべて振り払った。

辿り着いた先はダー子とモナコの宿泊先であるビルだった。ただしラン・リウ〇%の案内でむかったのは、べつの棟の一室だった。モナコ達の部屋より三倍ほどの広さで、彼女は香港にいるあいだ、ずっとここに住んでいたのだ。ジェシーに海辺の高層マンションまで送ってもらったときなどは、裏口に抜けでて、タクシーを呼び、ここまで帰ってきたという。小ギレイなそこに、鈴木さん、キンタギンコ、矢島理花、鉢巻秀男、ちょび髭が待ちかまえていたのである。

モナコはパニクった。すでに自分が赤星側の人間だとバレている。服がズタボロで、身体中傷だらけのジェシーを思いだして、自分もおなじ目にあうのかと焦りに焦った。ところがまるでそんなことはなかった。

ここに着いて三十分も経っていないが、みんなといっしょに円卓を囲んで、揖保乃糸を食べている。和やかな雰囲気の中、鈴木さんを皮切りに、今回の種明かしがはじまった。

ラン・リウ○%はいまだ自分の名前を明かしていない。ただわかったのは、ダー子さんが密かに『スタア』と呼んでいたのが、彼女だったことである。だがもういまは密かでもなんでもなく、ダー子はもっぱら彼女をスタアさんと呼び、他のひと達もそれに倣っていた。

「この方がラン・リウだったら、あたしに地書を教えてくれた、あのオジサンは」

「彼は私達の仕込みじゃなくて、現地のひとよ」とダー子。「でしょ、五十嵐」

「ああ。毎日、ほんとにあの公園で地書をしてて、あの茶餐廳《チャーチャンテーン》のオーナーだよ。ラン・リウの元旦那の孔海東だって噂も嘘じゃない。ん？　噂が嘘じゃないって変か」

「結婚式で、首飾りをしていた女性の写真もニセモノですか」

「雨の日にオジサンの地下室にいったでしょ。あそこの壁に貼ってあって、雰囲気イイし、それっぽいんで、私が使おうって言ったのよ」ダー子が自慢げに言う。モナコに種明かしをするのが、楽しくてたまらないようだ。「顔はスタアさんのと差し替えて、合成したけど」

「あの場で撮影したデータをすぐさま五十嵐に送って、やってもらったんだ」

ボクちゃんが言った。キッチンからでてきたのだ。ザルに入った茹でた揖保乃糸を、ほぼ空になった大皿にどさりと盛る。けっこうな量だが総勢十二人なので、まだ足りなそうだ。豆助はスタアが買っておいてくれたドッグフードをうまそうに食べている。

「つゆが足らないひとぉ、注ぎ足してくださいね」そう言いながらちょび髭も注ぎ口のついた鍋を持ってあらわれた。

「地下室でオジサンが話したことを、ボクちゃんが日本語に訳していましたけど、あれは嘘だったんですか？」

「まるきり嘘じゃない。写真の女性は元妻で、食べ物の好き嫌いは激しくて、腰痛持ちの不眠症、商売にしか興味はなく、夫にも心を開かず、肌さえ見せないで占いと賭け事が好きなのはほんと。遠くの席からオペラグラスで眺めていたのもほんと。でもそれは離婚直後の話で、元妻の指定席は全然、べつのところだった」モナコの質問に答えながれはモナコの質問に答えながら、ボクちゃんは席に着く。「そして孔海東と思しきオジサンから聞いた元妻の話を題材にしてつくりあげたラン・リウを、スタアさんに演じてもらったんだ。占い好きということから、ダー子ときみが宮ノ守姉妹に扮して、ラン・リウに接近するシナリオもつくり、賭け事の中でもいちばんハマったのが競馬だというので、姉妹との出逢いの場所も競馬場にしたし、英文学好きならばと読書会を主催していることにもした。これはまあ、ジェシーを釣るための仕掛けでもあったわけだけどね」

「ちなみにあの読書会のメンバーは、私が調達したんだ」と五十嵐が付け加えた。

「競馬場の厩舎で、あたし、ラン・リウの持ち馬を占いましたけど」

「あのとき、あなたはAKOの堀部安子だったのよ」これはダー子だ。「日本のアイドルが、香港映画で騎手の役を演じることになった。ただし彼女はまだ馬にさえ触ったことがない。まず手始めに厩舎の馬に触れさせてほしいと堀部安子の所属する芸能プロとして取材を申しこんだのよ。あのときの私は堀部安子のマネージャーで、スタアさんは芸能プロの社長だったわけ」

なんとまあ。

「馬はほんとにリトルオーキッドで、翌日に一着になったのよ。なんで一着になるってわかったの？　我が妹よ」

「だから偶然ですってば」ダー子の質問を受け流し、モナコはボクちゃんに顔をむけた。

「地下室で、あのオジサンは元妻が地位も名誉もある人物で、メディア嫌いで表舞台にでたことは一度もない、写真は結婚式のだけで世の中にでまわったら私が殺される、あなた達の命の保証もできないと言ってたのは」

「嘘。ただ元妻が写真嫌いで結婚式のだけっていうのは嘘じゃない。フィルムが残っていないのもね」

「元妻の母親は日本人で、福岡で暮らしていた話は？　彼女の生まれ故郷はなくなっていたって、そうだ、キンタさんとギンコさんが地下室にあった結婚式の写真を持って、聞き込み調査したんですよね。あれは」

「ほんとよ」すかさずダー子が言った。「嘘をつくにしても本物らしさを追求しなくちゃ駄目なのよ。ですよね、スタアさん」

「そうね」スタアは往年の映画スターのように微笑んだ。

「蘭ちゃんはほんとにいたんですよぉ」とキンタ。「なぁ、ギンコォ。あれにはビックリしたなぁ」

「ビックリしたわぁ」

ギンコがスマートフォンをだすと、画面をタップして、斜向かいのモナコに差しだした。

「これが合成してないホンモノです」

たしかに顔はスタアではなかった。彼女のようには華やかさはないものの、キレイなひとではあった。

「待ってください。この方がまだ集落に住んでいた頃の写真をあたし、見せてもらってますけど、どれもスタアさんに似てて、入学式のなんて、蘭ちゃんのママがスタアさんに瓜二つで、髪型までおなじ」しゃべっているうちに、モナコは気づいた。「あれもぜんぶ合成ですか」

「そのとおり」頷いたのは五十嵐だ。「きみをダマすために頑張った甲斐があったよ」

「蘭ちゃんという子がいて、火事になって、母親を亡くして、だれかに引き取られていったのは」

「正真正銘のほんとです」モナコの問いにキンタが答える。「だよね、ギンコさん」

「もちろん。ただしその〈だれか〉が『射手座集団』の総帥だったかどうかはわかりませんけど」

「ラン・リウが十八歳のときにはじめた宝飾店に、あたし、連れてってもらいましたよね」

「あの店はホンモノ」とダー子。

「電話の回し棒をプレゼントしてくださった」

「私の自腹よ」そう答えると、スタアは口角をあげた。「もっと高いものをねだられたら、どうしようかと思ったわ。使う機会はないでしょうけど、大事にしてちょうだいね」

「リチャードさんが『ソラリス』の社長にバケて、ラン・リウから一億香港ドルをダマしとろうとしたのは」

「ぜんぶ嘘」リチャードが言った。「ジェシーというオサカナを釣るためのエサだよ」

「それじゃ、あの部屋は」

「貸し会議室」これもリチャードだ。

「あのときジェシーがあらわれて」モナコは鈴木さんを見た。「鈴木さんは〈前田敦子〉にバケて、彼と顔をあわせましたよね」

「ダー子さん達だけに仕返しを任せるのは申し訳ないと思ったんです。私も参戦させてくれ、できればジェシーと直接対決したいと申しでました」

凜々しい顔でそう答える鈴木さんは、いよいよもって、本物の前田敦子にそっくりだった。

「見事だったわ。素晴らしいの一言に尽きる演技でした」スタアが鈴木さんをべた褒めした。「顔見知りの相手をダマしとおすなんて、なかなか出来ることではありませんからね」

「ありがとうございます」鈴木さんは恥ずかしそうに礼を言う。

「よかったね、鈴木さん」

「ダー子さんのおかげです。泣き寝入りしなくてよかったです」

「ラン・リウの、じゃなくてラン・リウを装っていたスタアさんの顔を合成した結婚式の写真が、ネットニュースで公開されたのは、だれの仕業なんですか」

だれに訊ねたわけではなく、モナコは円卓を囲む一同を、ぐるりと見回す。

「ジェシーよ」答えたのはダー子だ。「アイツはあのネットニュースが毎朝十時に新しい記事をアップするのを知っていた。だから昨日の夜のうちに写真を渡していたの。目論見は見事的中して、空港内は混乱に陥った。その隙をついて、ジェシーは警察にバケたリチャードとボクちゃんから逃がれて、パープルダイヤを盗むつもりだったのよ」

「あれにはさすがの私も参ったわ」スタアが苦い顔をしたものの、彼女の美貌は崩れない。それどころか、いままでとはちがった魅力が滲みでてきたようにすら見えた。「はじめのうちは指さすだけだったのが、まわりを取り囲んで、髪や服を引っ張ったり、唾を吐きかけてきたり、つねったり蹴ったりされて、生きた心地がしなかったわ。このままラン・リウとして、リンチされて殺されてしまうって、本気で思ったくらい」

「怖い目にあわせて、ほんとに申し訳ありませんでした」ダー子が姿勢を正し、神妙な面持ちでスタアにむかって丁寧に頭を下げる。

「撃たれたふりをして、ニセモノの救急隊員に運ばれていったのも、ジェシーの筋書きだったんですか」

「ちがうって」ダー子が頭をあげ、モナコに顔をむける。「ジェシーは混乱に紛れて、べつべつに逃げて落ちあえばイイって言ってたの。でも私としてはラン・リウにバケたスタアさんがどんな目にあうかわからなくて心配だった。だから鉢巻さんにお願いをして、一芝居打ったのよ。私がどこそこの病院へ運ばれたことにすれば、リチャード達はそちらへむかう。そのぶん時間が稼げるって、ジェシーに言って納得させたわ」

「でも土壇場になって思わぬ邪魔が入った」

「きゃんきゃんきゃんきゃん」

リチャードが言うと、豆助は自分のことだとわかったらしく、うれしそうに吠えた。

豆助が行く手を阻んだうえに足に嚙みついたせいで、ジェシーはあのスマートフォンを落としてしまい、それがモナコの手に渡ってしまった。

「偽物のパープルダイヤが赤星の手に渡らなければ、このミッションはおわらない。だから私がモナコからチョーダイすることにしたの。我ながらよくやったよ。めっちゃドキドキしたもん」

「担架で運ばれる直前、ンゴ・ゴイ・ヤッマンニンってあたしに言い残しましたのは」

「もちろん、あの球場がジェシーの落ち合う場所だって教えるためよ。あなたが気づかなくても、ボクちゃんだったらわかると思ったし」

「だけどあたしがボクちゃんに言わなかったら、どうするつもりだったんです？」

「言ったんでしょ。だったらそれでイイじゃない？　だからこうしていま、みんなで卓を囲んで揖保乃糸を食べている」

「それはそうですけど」

あたしを信じてくれていたからですか、とみんなの前でたしかめることはさすがにできなかった。それとはべつにモナコの頭に新たな疑問が浮かんだ。

「もしかしてあのときまでジェシーと落ち合う場所を知らなかったんですか」

「そうよ」ダー子はあっさり答える。

「ジェシーがナイショにしてたから？」

「そのとおり。ちょび髭、ツユくれない？」

「モナコさん、注いであげてください」

「あ、はい」ちょび髭から片手鍋を受け取り、ダー子のお椀にツユを注ぐ。

「最後の最後に私が裏切るかもしれないと、ジェシーは疑いだしたのよ。リチャードやボクちゃんに情報が流れて、先回りされたら元も子もないと不安でたまらなくなって、私には黙っていた。知らなくてもニセモノの救急隊員が連れてってくれるって」

「あのとき、わかったのはどうして」

「それがさ」ダー子はクスクス笑った。「担架に載せられたとき、どこへいくのか、ニセモノの救急隊員に訊くと、馬頭囲のグラウンドですって、素直に答えてくれたんだ。あんだけ、ひとを疑ってたくせに、口止めしていなかったの。ほんとジェシーって莫迦よねぇ」

なるほど、莫迦だ。

「だけどどうしてあのグラウンドを選んだのかしら」

「ダー子にタックルしたおじさんが、公益財団あかぼしの香港支社長で」とボクちゃん。「彼も『恋する惑星』が好きで、球技はからきしダメなのに、あのグラウンドを使いたいがため、会社でソフトボール部をつくったんだってさ」

「あの混乱の中で、スタアさんは逃げてくジェシーをよく見つけて、連れだすことができましたよね」

「お気づきになりませんでしたか」モナコがスタアに質問すると、ちょび髭が割って入ってきた。「空港には私と巣鴨キンタギンコ、そして鈴木さんもおりまして、みんなでジェシーの動向を窺っておりました」

「実際にジェシーを取っ捕まえて、目隠しして、手足に手錠をかけて、黄色のフォルクスワーゲンに乗せたのはキンタなんですよぉ」

ギンコが己の手柄のように自慢する。その隣でキンタが照れ臭そうに笑った。

「そのあと私がいきつけの秘密倶楽部に連れていって、ちょっとお仕置きしてあげたの。あれだけのイイ男がヒィヒィと許しを乞うて、悶絶する姿は最高だったわ」魅惑の笑みを浮かべ、スタアは恐ろしいことを平然と言う。どんな秘密倶楽部なのか、モナコは怖くて訊けなかった。「ところが途中で恐怖のあまりか、髪が真っ白になっちゃってね。ああいうことって、ほんとにあるのねぇ」

「あ、あの」国際空港から馬頭囲のグラウンドまでの、経緯はだいたいわかった。それでもモナコにはまだまだわからないことだらけだ。その最たるものをひとまず訊ねることにした。「さっきリチャードさんはジェシーを使って赤星から金を奪うことにしたっておっしゃいましたよね。あたしにはそれがいつ、どの段階でできたのかが、わからないのですが」

「カナダのダイヤモンド鉱山の採掘権を、〈私〉が個人名義で買い取ることにして」スタアが言った。彼女が強調した〈私〉はラン・リウを演じていた〈私〉にちがいない。「〈私〉自身の資産をかき集めたんだけど、十五億香港ドルしかできなくてあと三億香港ドル足らないとジェシーに訴えたでしょ」

あっ。

「そのうちの一億香港ドルは、リチャードが『ソラリス』の社長にバケて、〈私〉からダマしとったのをそのままだすとジェシーに、ダー子は言った。でもこれはぜんぶ嘘だから一億香港ドルなんかありはしない」

「残りの二億香港ドルはジェシーに準備させた」ダー子がスタアの話を引き継ぐ。「アイツ、どうやったと思う?」

「世界中にゴロゴロいる有閑マダムから、かき集めたんじゃあ」

「たしかに私は電話口でそう挑発したわ。アイツにそこまでの実力も伝手《つて》もないのがわかったうえでよ」

「待ってください。あのときダー子さんとジェシーはグルだったんですよね。ってうか、ジェシーはダー子さんをグルだと思っていた」

「だからこそアイツは引き下がれなくなって、三日で二億香港ドルつくってやるとまで啖呵を切ってしまったのよ。でもできるはずがない。頼る相手はただひとり」

「赤星だった」モナコは言った。自然と口からでていたのだ。

「正解っ」スタアだ。クイズ番組の司会ばりである。「二億香港ドルをだせば、『タイタニック』一本分の価値があり、覇者の印でもあるパープルダイヤを確実に手に入れることができますって、その日の夜中、赤星にスマホでメールを送っていたわ。アイツ、詐欺師のくせしてガードが甘過ぎるの。席を立つとき、平気でテーブルにスマホ置きっ放しで、しかも顔認証でも指紋認証でもなくて、ただのパスワードで、それも目の前で打つから、指の動きですぐにわかってね。会う度に彼のスマホは確認してたわ。こんな大仕事の最中に、つまんない女にちょっかいだしていたりして、ほんと、どうかしてるわ」

「かくして赤星がその二億香港ドルをジェシーに送金して」とダー子。

「〈私〉の口座に振り込まれた」スタアが満面の笑みを浮かべる。まるで菩薩《ぼさつ》様のようだ。「ここにいる十二人と一匹で分けるとしましょう」

一同から拍手が起きる。豆助も「きゃんきゃん」とはしゃぎだした。

「あ、あたしはイイです。抜きにしてください」拍手が鳴り止む直前に、モナコは言った。「あたしはあっち側の人間だったわけですし」

「あっちってどっちかしら」スタアがトボケた口ぶりで言い、あたりをきょろきょろ見回す。

「ジェシーと赤星の、つまりみなさんの敵側の」

「あなた敵だったの？」スタアは大きく目を見開き、モナコを見つめた。「そんなことなくってよ。こちらの思惑どおりによく働いてくれたわ。あなたが私達のつくりあげた嘘を、ジェシーに逐一《ちくいち》流してくれたおかげで、すべては順調に進んだのよ。敵どころか味方、今回いちばんの功労者だって言っていいくらい」

「も、申し訳ありませんでした」モナコは頭を下げることしかできなかった。

「スタアさん、やめてくださいよ」ダー子が窘めるように言った。「モナコちゃん、マジ、ビビってるじゃないですか」

「いいじゃない。こういう可愛い娘さんが怖れおののく顔を見ると、私、ぞくぞくするのよ」

「あっちもこっちも敵も味方もありゃしないよ、モナコちゃん」リチャードがニコニコ笑っている。「もらえるものはもらっておかなくちゃ。あとで後悔するぜ」

「いっしょに仕事をしてやり遂げたんだ。少なくともいま、この瞬間は仲間さ」

ボクちゃんが励ますように言う。やはり熱血教師みたいだ。

「揖保乃糸、食ベオエタラ、ドウシマスカ。ミンナデ、ドコカイキマスカ。教エテクダサイ」

一同を見回してそう言ったのはちょび髭だ。なるほど、たしかにあの執事の口調と声だった。

「カナダッ」

「なに言いだすんだ、ダー子」ボクちゃんが呆れ顔だ。

「いいじゃない。せっかくだからみんなでカナダいこうよっ。カナダいって、オーロラ見よっ」

「オーロラねぇ」リチャードが天井を見上げる。「一生に一度くらいは見ておくかぁ」

いつだったか、屋敷の窓からオーロラを見上げる光景が脳裏に浮かびあがったことをモナコは思いだす。

あたしって、やっぱ、心眼あるのかな。

「それよりダー子」ボクちゃんは呆れ顔のままで言った。「おまえ、いつまでチアガールの恰好でいるつもりなんだ？」

「あら、ボクちゃん、この恰好嫌い？」

「好きとか嫌いとかいう問題じゃないだろ」

「そう？　ボクちゃんに気に入ってもらおうと思って、借りたのになぁ」

17

心眼なんてなかった。

未来なんて、これっぽっちも視えていなかった。なにしろ翌日の朝に目覚めたとき、自分と豆助だけになっているなんて、予想できなかったくらいだ。

嘘でしょ？

しばらくその状況が飲みこめず、室内をうろついてしまった。

昨日は揖保乃糸を食べおえてから、カナダへはいかなかった。マカオへいくという話もでたが、大金が入ってすぐさまギャンブルに使うのはヘッポコ詐欺師のやることよとスタアに窘められてしまった。結局、腹ごなしにちょうどいいとボウリングをすることになった。モナコははじめてに近かったが、五十嵐とリチャードに指導を受け、そこそこの点数がだせて、けっこう楽しめた。そのあいだにラン・リウの写真は誤報だったと、ネットニュースがお詫びと記事をアップした。『射手座集団』から抗議があったらしく、マスコミ各社で取りあげてもいた。

ボウリングのつぎはカラオケボックスだった。初日とおなじところだった。夜の七時に入り、お腹の中の揖保乃糸はだいぶ消化されたので、夕飯はそこで済ませた。たぶん五時間以上、唄っていただろう。酒もだいぶ呑んだ。タクシーを飛ばして、この部屋に帰ってきたときには、午前一時近かった。酔っていなかったのは覚えている。だれもかれもへべれけで、モナコもベロベロだった。

昨日のはぜんぶ夢？　っていうか香港にきたときからずっと夢見てたのか、あたしは？

自分の荷物だけが置いてあった。ダー子との部屋にあったのをだれかが持ってきたらしい。

ひとまず一階に下りて、フロントで話を聞こうとしたが、日本語だけではどうにもならなかった。わかったのは、いまの部屋の代金が、ひと月先まで支払われていることだけだった。

ふたたび部屋に戻り、豆助と相談した結果、というか豆助相手にひとりでしゃべりつづけ、代金分のひと月は香港にいることにした。

ひとりぼっちには慣れているはずだった。なにせ天涯孤独の身なのだ。でも数日経つと、寂しくてたまらなくなった。

どうしてあたしをひとり残して、いってしまったのだろう。

やはり敵側に雇われた人間だからか。それとも詐欺師としての腕が未熟で、お払い箱になったのか。ただの意地悪？　だとしたらヒドすぎる。

考えに考えた。しかしいくら考えたところで理由なんてわかるはずがなかった。

豆助を連れて出歩く先は競馬場やブックカフェ、映画館、宝飾店、マレーシア料理をだす店に、くまのカタチのケーキをだすカフェなど、どこもダー子やラン・リウ九〇%（スタアという呼び名がモナコはしっくりこなかった）とでかけたところばかりだった。

そのいずれかの場所に、ふたりがいる気がしてならなかったのだ。でもそんなことはまるでなかった。似たひとに声をかけ、恥をかくのが関の山だった。

ふと気になって、ダー子が口座を開いてくれた銀行へいき、キャッシュカードで残高を調べてみた。ダー子達が消えたその日に、日本円で五百万円入金されていた。二億香港ドルを十二人と一匹で分けるんじゃなかったのかと思った反面、あたしと豆助でこれぐらいが妥当かと納得もした。

自分の荷物以外にも、部屋に置いてあったものがある。『恋する惑星』のＤＶＤとポータブルプレーヤー、そしてダー子が着ていたチアガールの服だ。

部屋にいるときは『恋する惑星』ばかり見ていた。そしてネットで検索して、そのロケ地にも足を運んでみた。ボクちゃんがいるかもと淡い期待を抱いてである。どこにもいなかった。

例のグラウンドには三回いった。三回目には黄色いカブト虫が破った金網が修理され、元に戻っていた。

公益財団あかぼしの香港支社まで、チアガールの服を返しにもいった。洗濯して紙袋に入れ、受付のお姉さんに渡しただけである。

あの香港支社長とはべつの場所で、ばったり出会した。香港のビジネス街と高級住宅地のあいだ八百メートルを結ぶミッドレベルエスカレーターを乗っている最中だった。八百メートルまるまるではなく、いくつかのエスカレーターと動く歩道と階段で繋がっており、エスカレーターから動く歩道に乗り換えた瞬間、左斜め前でスーツ姿の男性がしゃがみこんでいたのだ。

「どうしたんです？」

具合でも悪いのか、ならば正露丸をあげようと、思わず日本語で訊ねると、それが香港支社長だったのだ。

「あなたでしたか」立ち上がった彼は、バツの悪そうな顔をして、モナコを見下ろした。

「これは偶然ですか。それともわたくしを尾行していた？」

「ただの偶然です」

「なるほど。例の三人とはいまもごいっしょで？」

「いえ」五十嵐が勘定に入っていないのが、ちょっとかわいそうに思えた。「みんな、あたしを香港に残して、どこかに消えてしまいました」

「そうでしたか。あなたもお寂しいでしょう？」

「いえ」つい強がりで否定してしまった。「仲間ではないので」

「なるほど。ひとつお訊きしてもいいですか。でもあなたがご存じかどうか」

「なんですか」

「本物のパープルダイヤはどこにあります？」

「すみません、知りません。っていうか本物はついぞお目にかかることはありませんでした」

モナコは正直に答える。

「やはりそうでしたか」

「ニセモノだってバレちゃましたか」

「あのあとわたくしが鑑定士のところへ持っていきましてね。真っ赤なニセモノだと言われました。人工合成ダイヤというだけでなく、©ダー子と彫ってあったそうです。莫迦にするのもほどがある」

そう言いながらも香港支社長は頬を緩ませていた。

「赤星は怒ってました？」

「会長には正真正銘のホンモノだと伝えました。もちろん鑑定士には多額の口止め料を払ってです。そしてスマホのカバーから外して、ネックレスにして、いまは寝るときも風呂に入るときも愛人との情事のときも、つねに会長は首からぶら下げています」

「イイんですか、それで？」

「ニセモノだとわかったら大変な騒ぎですよ。例の三人を地獄の果てまで追いかけろと命じるにちがいありません。その費用と手間を考えたらウンザリです。ニセモノをホンモノだと押し通しておいたほうが、みんな幸せになれる。そうでしょう？」

たしかにそうだ。

「きゃんきゃん、きゃん」

キャリーバッグの中で、豆助が吠えた。香港支社長を褒めているように聞こえなくもない。

「それにね。嫌いな上司がニセモノの宝石をぶらさげている姿は、なかなかの見物です」

サラリーマンも詐欺師みたいなことをするんだな。

ボクちゃんが呟いていたのをモナコは思いだす。それとはべつに、はたと気づいたことがあった。

「さっきしゃがんでいたのって、『恋する惑星』の真似ですか」

「よくおわかりで」香港支社長は満面の笑みを浮かべた。


もうひとり、街中で知りあいを見かけた。ジェシーだ。でもあれはほんとにジェシーだったのだろうか。髪が真っ白で顔中皺だらけ、でもDon't think! Feel.の寺で会ったときとおなじ、黄色いジャケットに赤いシャツに赤いネクタイ、アメコミ風のコマ割された漫画をプリントしたパンツだった。本人かたしかめようと声をかけようとしたが、やめておいた。人違いを恐れたのではない。その逆である。そうだよ、ぼくはジェシーだ、よくわかったねと言われたら、どうしていいかわからないからだ。

十日後、九龍にある公園に朝早くでかけた。孔海東?に会えるかもしれないと思ったのだ。いた。以前とおなじく砲台のそばで、地面に漢詩を書いていた。教えてもらった李商隠の七言律詩だ。会うのは難しいけど、別れるのはもっと辛い、恋をとりもつ青い鳥さん、どうか私のためにあのひとを見てきてちょうだいな。まさにいまのあたしの心境ではないか。そう思った途端、モナコはとめどもなく涙が溢れでてきてしまった。

「ヤスコ？」

おいおい泣くモナコに、孔海東？は話しかけてきた。自分を覚えていてくれたことに感激し、さらに泣きつづけた。

そのあと孔海東？がオーナーの茶餐廳《チャーチャンテーン》にいき、食事をご馳走になった。そして孔海東？に、自分のこれまでの生い立ちを話すと、親身になって聞いてくれた。どうやって通じたかと言えば、くわえ煙草のオバチャンがあいだに入って、訳してくれたのである。なんと彼女は日本語が達者だったのだ。ただし少し九州なまりがあった。

さすがに赤星を相手取った詐欺の話はしなかったものの、ダー子やラン・リウ九〇%と映画館に『ローマの休日』を見にいった話をしたところだ。

「私もいったのよ。あの映画は小さい頃から大好きでねぇ。何度も繰り返し見てたんだけど、銀幕で見たのははじめてだったわ」

くわえ煙草のオバチャンがそう言うのを聞きながら、モナコはしげしげとその顔を見た。思ったよりも若いし、美人だった。それに地下室に貼ってあった写真の花嫁さんに似ているようにも思えた。そして犬は苦手なんだけど、この子はぬいぐるみみたいでかわいいわと豆助の頭を撫でながら、彼女はこんなことを勧めてきた。

「あなた、よかったらここで働かない？　私、じつはよそでも働いているんだけど、私が見張ってないと、おなじ職場のヤツらが好き勝手して、人様に迷惑かけるもんだからさ。なんだったら二階にひとつ部屋が空いてるから、そこに住んでもいいよ」

「でも」

「このひとは平気」くわえ煙草のオバチャンは孔海東？を指差した。「地下室はアトリエで、よそのアパートで暮らしてるから」

「おふたりはどういったご関係なんですか」

「出逢ったのは、私がまだ十二歳で、このひとは二十三歳だった。初恋だったのよ。笑っちゃうでしょ。一度は結婚したこともあるけど、すぐ別れちゃったの。それからくっついたり離れたりしている仲よ。ははは」

かくしてモナコはその茶餐廳《チャーチャンテーン》で、住み込みで働くことにした。厨房で働く坊主頭のふたりは強面だが、とても優しくてモナコと豆助によくしてくれた。ついでというわけではないが、せっかくなので、孔海東？に書道を習うことにした。

瞬く間に月日が経ち、ダー子達との日々が遠い昔のように思えるようになった。とは言え相変わらずダー子やラン・リウ九〇%とでかけた場所や、『恋する惑星』のロケ地に足を運んだ。ときどき馬券を買うこともあったが、ちっとも当たらなかった。『恋する惑星』のフェイ・ウォンを真似て、めちゃくちゃベリーショートにして、店内にだれもいないとき、スマートフォンにスピーカーをつけて、パパス&ママスの『夢のカリフォルニア』を大音量でかけることもあった。

店は近隣で働くビジネスマンが主だったが、そんな中、ラフな格好で昼間に訪れ、決まって角の席を陣取り、ノートパソコンを延々叩きつづける三十代の男性がいた。目の端で画面を見ると、縦書きで日本語が書いてあった。

「脚本家なんだってさ、あのひと」

くわえ煙草のオバチャンが教えてくれた。彼女も気になって、我慢できずに本人に聞いたのだという。

「日本だと落ち着いて仕事ができないんで、香港にきているんだってさ。けっこう売れっ子みたいだよ」

「そうだったんですか」

「あんたの話をしておいた」

「あたしの？」

「うん。なんかね、テレビ局に新作のシノプシスをださなくちゃいけないんだけど、なんにも思いつかなくて困っているっていうからさ。ウチでバイトしてる子は変わってるから、なにか力になれるかもしれないって」

あなたのほうがよっぽど変わっていると思ったが、言わないでおいた。

もしかしたら、くわえ煙草のオバチャンこそ、ラン・リウではないかとモナコは心密かに思っている。根拠がなくはない。ある日、まかない飯を食べながら、ラン・リウ九〇%ことスタアに買ってもらった電話の回し棒を見て、思い出に浸っていたところだ。くわえ煙草のオバチャンが寄ってくるなり、なんの説明も聞かずに、それって電話の回し棒よねと言い当てたのである。どうして知っているんですかと訊き返すと、彼女はしどろもどろになったのだ。これだけと言えばこれだけだし、たとえ彼女がラン・リウだとしてもいまのモナコには関係がないことだ。

「きみがモナコさん？」翌日、早速、脚本家が声をかけてきた。

「あ、はい」

「じつはぼく、ドラマのシナリオとか書いているんだけどさ、ここで働いているオバサンがきみがその、なかなかユニークな性格だから、面白い話が聞けるかもしれないっていうんだ。よければちょっと話を聞かせてくれない？」

あたしの話なんて、と断わろうとしたその瞬間だ。

宮ノ守姉妹にバケているとき、ダー子さんから、ボクちゃんとリチャードで、どんなオサカナを釣ったか、あれこれ聞いた。あの話を売り込んでみようか。

長澤まさみ似のダー子、東出昌大似のボクちゃん、小日向文世似のリチャード、テレビドラマにするなら、このままでキャスティングすればいい。ピッタリだ。

このドラマが放映されれば、世界のどこかにいるはずの三人は必ず気づくだろう。そしていくらフィクションだとしても、元ネタを提供しているのがモナコだとわかるはずだ。

そのとき、あの三人はどうする？　ひとの商売の邪魔をしてと、あたしのところへ文句を言いにくるんじゃないかな。そしたら、この脚本家はあたしの青い鳥だわ。

「かまいませんけど」モナコは一息ついてからこう言った。「目に見えるものが真実とは限らない。なにが本当でなにが嘘か。そんなお話、ご興味あります？」

参考資料

『李商隠詩選』李商隠　選訳：川合康三（岩波文庫）

この作品は、映画「コンフィデンスマンＪＰ」の脚本を元に山本幸久氏がアレンジし小説化したものです。

コンフィデンスマンJP
ロマンス編

脚本／古沢良太　小説／山本幸久

2019年 5月5日　第1刷発行

発行者　千葉 均
発行所　株式会社ポプラ社
〒一〇二-八五一九　東京都千代田区麹町四-二-六
電　話　〇三-五八七七-八一〇九(営業)
〇三-五八七七-八一一二(編集)
ホームページ　www.poplar.co.jp
フォーマットデザイン　緒方修一
組版・校閲　株式会社鷗来堂
印刷・製本　凸版印刷株式会社

N.D.C.913/299p/15cm
ISBN978-4-591-16299-6
落丁・乱丁本はお取り替えいたします。
小社宛にご連絡ください。
電話番号　〇一二〇-六六六-五五三
受付時間は、月~金曜日、9時~17時です(祝日・休日は除く)。

P8101379

ポプラ文庫好評既刊

活版印刷三日月堂

星たちの栞

ほしおさなえ

川越の街の片隅に佇む、昔ながらの活版印刷所・三日月堂。店主が亡くなり長らく空き家になっていたが、孫娘・弓子が営業を再開する。三日月堂にはさまざまな悩みを抱えたお客が訪れ、活字と言葉の温かみによって心が解きほぐされていくのだが、弓子もどうやら事情を抱えているようで――。

ポプラ文庫好評既刊

あずかりやさん

大山淳子

「一日百円で、どんなものでも預かります」。東京の下町にある商店街のはじでひっそりと営業する「あずかりやさん」。店を訪れる客たちは、さまざまな事情を抱えて「あるもの」を預けようとするのだが……。「猫弁」シリーズで大人気の著者が紡ぐ、ほっこり温かな人情物語。

ポプラ文庫好評既刊

クローバー・レイン

大崎 梢

大手出版社に勤める彰彦は、落ち目の作家の素晴らしい原稿を手にして、本にしたいと願う。けれど会社では企画にGOサインが出ない。いくつものハードルを越え、彰彦は本を届けるために奔走する——。本にかかわる人たちのまっすぐな思いに胸が熱くなる物語。

解説／宮下奈都